Marc Kayser

Ein Wochenende mit Tucholsky

Marc Kayser, geboren und aufgewachsen in Potsdam, volontierte bei der *Süddeutschen Zeitung*, schrieb unter anderem für *Die Zeit* und die *Die Weltwoche* in Zürich. Von April bis August 2013 war er Stipendiat des Kurt-Tucholsky-Literaturmuseums und Stadtschreiber in Rheinsberg. Er veröffentlichte zwei Romane im Heyne Verlag, einen Kriminalroman bei Hinstorff, war Mitautor zweier Sachbücher. Parallel dazu arbeitet er als Interviewer und entwickelt Formate für Buchverlage und Filmproduktionen. Zuletzt erschien bei Bild und Heimat: *Große Freiheit Ost* (2015) und *Die Rache des Petermännchens* (2017). Mehr über den Autor: *www.marckayser.com*

Marc Kayser

Ein Wochenende mit Tucholsky

Liebeserklärung an Rheinsberg

Mit Vignetten von Klaus Ensikat

Bild und Heimat

Von Marc Kayser liegen bei Bild und Heimat außerdem vor:

Große Freiheit Ost (2015)

Die Rache des Petermännchens (2017)

ISBN 978-3-95958-077-9

1. Auflage

Umschlaggestaltung: fuxbux, Berlin
Umschlagabb.: shutterstock / anyaivanova (oben), fotolia / tunedin (unten)
Druck und Bindung: CPI Moravia Books s. r. o.

Ein Verlagsverzeichnis schicken wir Ihnen gern:
BEBUG mbH / Verlag Bild und Heimat
Alexanderstr. 1
10178 Berlin
Tel. 030 / 206 109 – 0

www.bild-und-heimat.de

Nur solange man ernstlichen Widerstand
zu überwinden hat, ist es schön zu lieben.

Søren Kierkegaard

Jede noch so kleine Ähnlichkeit der in diesem Buch agierenden Charaktere mit lebenden oder verstorbenen Personen ist unbeabsichtigt und wäre spekulativ. Alle Originalzitate sind kursiv gesetzt und aus folgender Fassung übernommen: Kurt Tucholsky: *Rheinsberg – ein Bilderbuch für Verliebte*, Wiesbaden: Marix Verlag 2011.

Für alle Liebenden, alle Geliebten und jene,
die auf der Suche waren oder noch sind.

Für Loui und all die anderen.

Prolog

Am 8. Dezember 1921 bringt der Journalist und Schriftsteller Kurt Tucholsky eine Vision zu Papier. Er sinniert darüber, ob sein Büchlein *Rheinsberg – ein Bilderbuch für Verliebte* eine ebenso magische Wirkung auf Liebespaare nachfolgender Generationen ausüben würde wie auf seine Zeitgenossen. Würde sein Rheinsberg, das berühmte kleine Städtchen in der Mark Brandenburg, zukünftig genauso verzaubern wie einst, auch wenn es sich schon längst gewandelt hätte?

Die Vision, die wir hier etwas modernisiert haben, liest sich so: Als in diesem Jahr, es ist ein junger Frühlingstag im Monat April, ein neugieriger Herr den Bücherschrank seiner schon etwas betagten Mama durchstöbert, stößt er ganz hinten auf einen »auf Bütten abgezogenen und in rotes Bockleder gebundenen« Band des Büchleins *Rheinsberg – ein Bilderbuch für Verliebte* von Kurt Tucholsky. Es ist die Geschichte des Paares Wolfgang und Claire, ein Exemplar der Jubiläumsausgabe, vom Verfasser signiert.

»Was ist das?«, fragt der Herr. Und die betagte Frau lässt sich den Band geben, hält ihn sich ganz nahe an die Augen und sagt, dabei liebevoll lächelnd: »Das Buch hat mir mal dein Vater selig geschenkt, als wir uns verlobten. Das ist jetzt beinahe fünfzig Jahre her … Er hat es selbst von seinem Vater übereignet bekommen. Du darfst es behalten und für deine Frau mitnehmen. Wir haben uns damals bei der Lektüre oft geliebt.«

Die Lebensbegleiterin des Herrn bewundert das Buch, blättert ein bisschen darin, zuckt zunächst mit den Achseln, liest dann aber weiter und weiter darin und sagt schließlich zu sich selbst: »Reizend.«

Und so bricht das Pärchen nach Rheinsberg auf, so wie einst Claire und Wolfgang auch.

Das Städtchen von heute ist nicht mehr das Städtchen von einst. Und doch blitzt das Rheinsberg Tucholskys an vielen Ecken auf. Das einzigartige Schloss des Kronprinzen Friedrich und seines Bruders Heinrich, der wild-romantische Park mit seinen Liebespärchen, der See mit seinen ungezähmten Ufern, die märchenhaft-urwüchsigen Wälder, die herzhaft-schnoddrigen Menschen, die königlichen Geschichten von Liebe, Unterdrückung und Selbstbefreiung: All dies ist Rheinsberg noch heute und schenkt Gilbert und Linn jene Momente, aus denen auch Tucholskys Stoff für *Rheinsberg – ein Bilderbuch für Verliebte* im Jahre 1911 gewebt, und 1912 veröffentlicht worden war.

Die Liebe schläft nie. Und so entzündet sie auch in diesem Büchlein ein Feuer, das der Sehnsucht nach Zweisamkeit jene Wucht verleiht, nach der sich jeder Mensch sehnt.

Tag eins, Freitag

Ankunft und Einsichten

Kapitel 1

Der Herr heißt Gilbert und fühlt sich seiner Linn – beide nähern sich der Vierzig – seit zehn Jahren eng verbunden. Und doch: seit Wochen schwelt die Liebe von einst nur noch auf kleiner Flamme, die vorhandene Wärme wirkt nur noch wie eine trübe Funzel, die Betten dröhnen nicht mehr, die Laken sind nicht mehr so zerknüllt wie sie einst waren …

Heutzutage fährt das Paar nicht – wie bei Tucholsky – mit dem Zug von Berlin über Löwenberg nach Rheinsberg. Es reist mit dem Auto, dem die Geräusche der einst schnaubenden Dampflok fehlen, und aus dessen Auspuff kein grauschwarzer Qualm entweicht, der die Vorgärten, an denen der Zug 1911 entlangdonnerte, in finstere Schwaden hüllt … Ein Zweisitzer ohne festes Dach, ein Cabriolet aus Frankreich. Herein strömt zu ihnen der Geruch der

Wälder, die Geräusche des Asphalts, das Zwitschern der Vögel …

Gerade eben noch waren sie dem Fahrstuhl einer Tiefgarage unter dem dröhnenden Alexanderplatz entwichen; man hatte sich durchgekämpft an den Stadtrand, endlich die Abfahrt gefunden, die sie auf einer alten Reichsstraße mit der Nummer 96 durch das Ruppiner Land in Richtung Norden beförderte …

Der Horizont flimmerte blendend weiß … War es eine Schönheit, diese Landschaft? – Nein: da standen Baumgruppen, durch nichts ausgezeichnet, das Land wurde wellig in der Ferne, versteckte ein Wäldchen und zeigte ein anderes – man freute sich im Grunde, dass alles da war …

Es geht vorbei an Oranienburg, durch das Löwenberger Land, Gransee bleibt rechts liegen, dann kommt Menz, der Ort inmitten kühler Wälder und glitzernder Seen … Dann der Stechlinsee, rechter Hand. Fontanes Paradies, geflossen in ein gleichnamiges Buch, heute Weltliteratur.

»Du?«, fragt Linn ihren Gilbert, während sie das in einen roten Ledereinband gefasste Büchlein auf ihrem Schoß hält, »Du? Hast du schon mal darüber nachgedacht, was das Pärchen von damals wohl alles aus dem Zug nicht sah, was wir heute auf unserem Weg alles entdecken können?«

Sie ist Künstlerin, malt wilde Landschaften auf Leinwände, behaut Steine und stellt sie in Gärten ihrer Kundschaft auf. Wilde Brocken aus Granit. Nie Gesichter, nur Brocken.

»Züge rauben uns die Welt«, antwortet Gilbert, »sie fahren nur auf vorgegebenen Bahnen.« Er ist Manager bei der Bahn, er weiß, wovon er spricht.

»Zugführer müssten selbst entscheiden können, ob sie geradeaus rollen oder Umwege fahren«, sagt sie.

»Dafür bräuchten wir Umwegschienen«, antwortet er.

Dabei fährt sein Auto ebenfalls brav geradeaus. Eben passieren sie ein weites Feld mit jungem Mais, ein Meer aus sattem Grün mit gelben Tupfen.

»Autos könnten aber Umwege fahren. Straßen gibt es schließlich genug. Die Menschen sollten viel mehr anhalten, aussteigen und einfach in den Wald hinein laufen und ... und ... Liebe machen ...«

Gilbert geht darauf nicht ein. Stattdessen:

»Die Straße, auf der wir fahren, ist sehr alt«, sagt er. »Von 1932.«

»Ob Tucholsky sie je kennenlernte?«, fragt sie.

»Wohl kaum«, sagt er. »Er starb 1935 in Göteborg und hat die letzten Jahre im Exil verbracht.«

Aus einer schmalen Ablage blinkt ein Lichtchen seines Mobiltelefons. Auf einem Bildschirm wird der Weg nach Rheinsberg in Millionen Farben angezeigt.

»Das hier«, tippt sie auf den Rand des Bildschirms, »ist der Grund, warum niemand mehr anhält, aussteigt und einfach in den Wald hineinläuft. Der Mensch wird navigiert.«

Gilbert schweigt dazu, weil er sich kennt. In seiner Welt der Arbeit und häufig auch in der Freizeit haben ein Computer, ein Handy und das Internet das Regime übernommen. Jetzt einen Streit darüber vom Zaun zu brechen, warum er so lebt, wie er lebt, würde das Ziel gefährden, das er sich selbst für das Wochenende gesetzt hat: Linn und sich mit neuen Augen zu sehen, sich nahe zu sein, sich zu lieben. Abstand von der Großstadt zu finden.

»Ich kann anhalten und wir laufen in den Wald hinein«, sagt er. Die Bäume stehen still und dunkel am Straßenrand, ein Wald wie aus einem geheimnisvollen Märchen der Brüder Grimm.

»Ach, lass uns nur weiterfahren.« Linn greift nach dem schmalen Bändchen Tucholskys und blättert darin. »Ich will endlich ankommen.«

Kapitel 2

Über die Berliner Straße rollen sie hinein ins Städtchen, überholen eine Pferdekutsche, in der Touristen auf Nostalgiefahrt hocken, hier und da die Hände in die Luft gestreckt: »Guck, dort! Das Schloss!«

»Und hier! Da steht ›Post‹ am Haus! Aber typisch, keine Post mehr drin!«

»Herrje, das Eis ist aber teuer …«, da rollt die Kutsche an der Gelateria vorbei, »Ein Euro zwanzig die Kugel … Das war früher aber …«

Doch der Wind verweht die Worte, die an die Ohren des Paares so schnell gelangt waren, wie sie nun wieder zerstoben sind …

Gilbert und Linn stoppen, suchen einen Parkplatz. Noch ist Zeit für einen ersten Gang durch das Zentrum des Städtchens; ihr Wirt hat sie auf siebzehn Uhr gebucht. Es sind noch mehr als zwei Stunden bis dahin … Das Cabriodach schnurrt in die Versenkung.

Durch die Schlossstraße zum Park des Prinzen Friedrich und seines Bruders Heinrich sind es nur dreihundert Meter. Die Straße führt direkt in den

Park des friderizianischen Rokokoschlosses, das der damals wie heute berühmte Baumeister Knobelsdorff zwischen 1736 und 1740 zu jener Vollendung brachte. Gilbert und Linn passieren hier einen Kiosk, dort ein Geschäft für Mode, dort eines für Brillen. Und eine Apotheke, eine Fleischerei, die schöne Kirche St. Laurentius aus dem dreizehnten Jahrhundert. Sie setzen sich auf eine Bank aus rissigem Holz. Über ihnen wippen Spatzen auf dünnen Ästchen des jungen Triebes einer alten Linde.

Den alten Mann, der gerade im Begriff ist, an ihnen vorbeizuschlurfen, fragen sie:

»Wo ist das *Café Tucholsky?*« Sie hatten darüber gelesen, dass man dort einen guten Kaffee und schmackhaften Kuchen bekommt und es eine Terrasse direkt am See gibt.

Der Mann geht gebeugt, das Gesicht voller Geschichte, in der Hand einen Stock, die Beinkleider glatt, aber das karierte Hemd erstaunlich voller Knitter. Er war plötzlich vor ihnen aufgetaucht, wie aus dem Nichts.

»Vor einem Jahr«, sagt der Mann, »da kehrten wir noch nach einem Spaziergang im Schlosspark in das Café ein, von dem Sie reden. Doch das ist nun vorbei. Die Wirte haben aufgegeben, wie so viele Wirte hier. Niemand kann nun mehr die Aphorismen Tucholskys lesen, die an den Wänden aufgemalt waren.«

Traurig klingt der alte Mann, denken die beiden Großstädter, sehen, wie er sich auf seinen Stock stützt, seine Augen in die Sonne blinzeln und seine Mundwinkel zucken, als ströme in ihm die Geschichte Rheinsbergs vorbei.

»Warum?«, fragt Gilbert.

»Alles hat wohl seine Zeit«, sagt der Alte und sieht betrübt dabei aus. »Was früher einmal war, ist vorbei. Und was vorbei ist, kommt nicht wieder. Adieu.« Er wendet sich zum Gehen.

»Bleiben Sie doch noch«, sagt Linn und streckt eine Hand nach ihm aus.

»Warum?«, fragt nun der alte Mann.

»Erzählen Sie uns mehr von dem, was Sie wissen«, sagt Linn.

Der Alte stützt sich auf den Stock, seine Augen wirken jetzt erstaunlich jugendlich.

»Darf ich mich setzen?«

Gilbert und Linn rücken ein Stück. Der Mann lässt sich stöhnend nieder.

»Was tun Sie hier?«, fragt er.

»Wir sind auf den Spuren von Claire und Wolfgang. Das Pärchen aus dem *Bilderbuch für Verliebte*. Kennen Sie es?«, fragt Linn.

Der Alte murmelt etwas Unverständliches, nimmt Gilbert und Linn dann ins Visier und sagt: »Wie sollte ich es nicht kennen? So wie jeder hier. Dann hat sich Tucholsky also getäuscht ...«

»Getäuscht?«, fragt Linn neugierig, »wie meinen Sie das?«

»Tucholsky hat sich zum Erscheinen der fünfzigtausendsten Ausgabe von *Rheinsberg* gefragt, ob sein Büchlein im Jahre 1985 eine ebenso magische Wirkung auf Liebespaare nachfolgender Generationen ausüben würde, wie auf seine Zeitgenossen in den damaligen zwanziger Jahren. Er sinnierte darüber, ob es genauso verzaubern würde wie einst, auch wenn es sich schon längst gewandelt hätte … Er wusste natürlich nicht, dass Rheinsberg 1985 in der DDR liegen und wegen des Ausgangs des Zweiten Weltkriegs umzingelt sein würde von sowjetischen Soldaten. Außerdem betrieb man hier ein Atomkraftwerk, das die Seen und die Wälder langsam, aber stetig in Mitleidenschaft zog. Das Schloss leuchtete nicht; der Park war kaum hergerichtet und die Häuser und Straßen kannten die Farbenpracht und die Solidität von heute nicht …« Der Alte schnäuzt sich die Nase.

Gilbert und Linn halten ihre Augen auf ihn geheftet. Würde er noch mehr erzählen?

»Es ist gut, dass ihr beiden heute hier seid«, nimmt er den Faden wieder auf. »Denn mit Deutschlands Wiedervereinigung stieg auch Rheinsberg wie ein Phoenix aus der Asche und kann sich seither mit allen Attributen einer in Deutschland einmaligen Kulturlandschaft schmücken … ihr wisst schon.« Und breitet, während er das sagt, seine Arme aus und streicht mit den Händen durch die Luft, als zeichne er einen weiten Bogen.

»Und Sie lebten 1985 hier?«, fragt Linn. Ihre Stimme hat fast etwas Verschwörerisches.

»Ich war ungefähr so jung wie ihr heute, meine Frau war hübsch anzusehen, leider blieben wir kinderlos. Wir waren oft auf dem See, sind durch die Wälder spazieren gegangen, haben im Wirtshaus gesessen und Karten gespielt. Zu allen Zeiten gab es hier die Wolfgangs und die Claires, den Geist Tucholskys, die Schlössernarren und Preußenliebhaber, und die sehnsuchtsvollen Großstädter, Soldaten und Polizisten einer neuen Gesellschaftsordnung, die besser sein wollte als die vorhergehende braune Pest.« Der Alte erhebt sich und wackelt dabei mächtig mit seinen schmächtigen und krummen Beinen. »Ich bin dann mal wieder fort«, sagt er.

»Wohin?«, fragt Linn in einem Ton, als würde sie ihm am liebsten folgen.

»Schlafen. Unter meinem Apfelbaum. Er hängt gerade voller Früchte und jede Frucht hat ein Gesicht.«

Linn sagt: »Wie schön.«

Gilbert sagt: »Verstehe ich nicht. Was für Gesichter?«

Linn kneift ihm in die Seite: »Er sieht, was du nicht siehst. Das nennt man Fantasie.«

Der Alte grinst.

»Ist mir schon passiert, dass sie geweint haben, wenn ich sie nicht rechtzeitig gepflückt habe. Man muss den Baum rechtzeitig rütteln und schütteln, sonst verfaulen die Früchte.«

»Wie im wirklichen Leben«, sagt Linn. »Wer sich nicht bewegt oder zu lange mit einer Entscheidung wartet, an dem geht das Leben vorbei. Und ehe man sich's versieht, ist man faltig und grau, voller Gram und Unzufriedenheit.«

»Genauso ist es«, sagt der alte Mann. »Und deshalb werde ich mal wieder zu ihm gehen. Er steht nicht weit von hier in meinem Garten, neben dem Birnbaum, der neben der Kirsche steht, die wiederum mit der Linde …«

»Das klingt aber schön«, unterbricht Linn ihn.

»Wollen wir auch weiterziehen?«, fragt Gilbert eine Spur zu harsch.

Linn gibt sich entrüstet.

»Wir reden über Natur und Gärten, über Apfelgesichter und Birnenträume und du willst einfach weiterziehen. Schäm' dich.«

Der Alte stellt sich neben sie.

»Entspannt euch«, sagt er. »Lasst das Steuer los. Trudelt durch die Welt. Sie ist so schön: Gebt euch ihr hin, und sie wird sich euch hingeben.«

»Das haben Sie schön gesagt«, meint Linn und strahlt den Alten an.

»Es gibt hier viel zu entdecken. Ich rate zu einer Bootsfahrt auf dem See, legt am anderen Ufer an, spaziert an ihm entlang und redet miteinander. Und hört einander zu. Und dann wartet darauf, was passiert. Adieu.« Der Alte macht auf dem Absatz kehrt, stößt seinen Stock auf den Asphalt und ist im Begriff, davonzugehen.

»So warten Sie doch!«, fordert Linn von ihm.

Der Alte stoppt.

»Wenn Sie mir Ihren Namen nennen, Ihre Adresse, dann sende ich Ihnen ein Bild. Ich bin Malerin, müssen Sie wissen.« Sie geht auf ihn zu.

Der alte Mann lächelt etwas schief.

»Ich wohne dort.« Der Alte schwingt mit seinem Stock durch die Luft und zeigt in die Richtung des Obelisken, der sich erhaben und leuchtend in der Sonne, direkt dem Schloss gegenüber auf der anderen Seite des Parks, in die Luft streckt.

Gilbert ist inzwischen dazu getreten.

»Und welcher Name?«, fragt Linn erneut.

Der Alte weicht einen Schritt zurück, seine Augen haben etwas Ängstliches, zeigen einen überforderten Ausdruck.

»Tiger, Panter, Wrobel, Hauser ... Suchen Sie sich einen aus.« Er wendet sich abrupt ab, marschiert davon, wartet eine Antwort des Paares gar nicht erst ab. Sehr bald ist er hinter einer Straßenecke verschwunden.

Gilbert und Linn bleiben etwas verdattert zurück.

»Komischer Kauz«, sagt Linn.

»Er benutzt die Pseudonyme Tucholskys, unter denen der für die *Weltbühne* Feuilletons und Gedichte schrieb«, sagt Gilbert.

»Aber warum?«, fragt sie.

»Das weiß nur er allein.«

Er hakt sich bei ihr ein und gemeinsam spazieren sie über eine breite Straße, direkt auf das Denkmal des Kronprinzen Friedrich am Eingang des Schlossparks zu. Der Wind geht leise pfeifend durch die Linden.

»Der König als junger Mann«, sagt Gilbert kennerisch. »Gegossen in Bronze 1903. Bildhauer Elster, Gießerei Noack.«

»Ich denke daran, was der alte Mann gesagt hat«, sagt Linn.

»Friedrichs Kostüm ist sehr schön«, sagt Gilbert. »Ich denke Rokoko.«

Beide schweigen.

»Wieso wolltest du ablenken? Kunst ist doch deins ...?«, fragt er.

»Was wäre, wenn er der alte Tucholsky ist, der hier als Geist durch Rheinsberg läuft und mit den Menschen spricht?«, fragt sie. Und ohne eine Antwort abzuwarten: »Das wäre wunderschön. Der immerwährende Wächter über eine Romanze, die er einst erfand.«

Jetzt kommt die Sonne halbschräg von vorn, der Wind halbschräg von der Seite, Vogellärm kollert vom Park her. Das Wasser des Sees glitzert, und erhaben ragen die Zwillingstürme des Schlosses von Knobelsdorff ... Linn hat jetzt einen Block in der Hand, zeichnet Striche mit einem Kohlestift.

»Erste Momente«, murmelt sie. Es entsteht der Kopf eines alten Mannes, dann sein Torso. Gilbert schließt die Augen. Das Geklapper der Pferdehufe hallt zu ihnen herüber. Er greift nach dem Büchlein seiner Mutter, der Geschichte Tucholskys. Er liest vor:

Schaufenster boten lockend ihre Einlagen an. … Nach künstlerischen Prinzipien hatte z.B. Herr Krummhaar, der Kolonialwarenhändler an der Ecke des Marktes, sein Schaufenster arrangiert. Blickte man durch die blankpolierten Scheiben, so tat sich dem Beschauer eine schlaraffenhafte Landschaft auf: auf einem Hügel von Paniermehl stand ein Zuckerhut mit einem roten Gelatinekreuz, und sah man näher hin, war es eine Windmühle. Pflaumenwege führten an mit Preisen versehenen Korinthenbeeten vorbei, und auf einem Spiegelglas schwamm eine Brigg, die Herrn Krummhaar aus dem fernen Indien bauchige Flaschen Danziger Goldwassers und Salzbrezeln heranschleppte …

»Uuuh«, macht Linn, »aber wir sahen hinter dem Ortseingang nur Supermärkte wie überall in Deutschland. Lidl, Aldi, Edeka, Norma.«

»Das sind die Kolonialhändler von heute«, sagt Gilbert. »Orangen aus Afrika, Erdbeeren aus Neuseeland, Tomaten aus Spanien, Knoblauchknollen aus China …«

»Aber hübsche Lokale gibt es«, sagt sie. »Sie entleihen ihre Namen dem König. ›Der Junge Fritz‹, ›Der Alte Fritz‹.«

Sie zeichnet dabei ein paar wilde Striche. Die Konturen des Obelisken, des schmiedeeisernen Tors zum Park und der dahinter liegenden Bäume werden zum Hintergrund für den Menschen mit dem alten Kopf, unschwer ist das Vorbild zu erkennen.

»Meine geliebte Künstlerin«, drückt Gilbert einen Kuss auf ihr linkes Ohr und schmust damit.

»Das hast du sehr lange nicht gesagt«, flüstert sie. »Und mein Ohr …« Sie genießt es, das ist zu sehen. Sie hält es noch lange hin … Er küsst und streichelt sie. Wenn man genau hinhört, vernimmt man ihr leises zufriedenes Schnurren …

Die Sonne ist überall, streichelt ihre Gesichter. So wie ihre Liebe, ihr Verlangen aufeinander, beide auch einst allumfassend umfing. Heute brennt ihre Leidenschaft nur noch auf kleiner Flamme, wie eine Funzel, die nur noch wenig Petroleum hat. Sie wissen es beide. Sie haben sich einander vor zehn Jahren versprochen, nun müssen sie ihr Wort halten. Auch in Zeiten, in denen das Feuer sie nicht mehr zu wärmen scheint …

»Auf in unser Appartement«, sagt sie.

Kaum halb fünf, doch er fügt sich. Grantige Krähen krakeelen Kauderwelsch auf einem gewaltigen Baum im Park; drei Kraniche landen wie Wasserflugzeuge auf dem See; Diamanten gleich hüpfen grellweiße Wasserperlen auf und ab, zerwirbelt von den Wellen zweier Motorboote, auf denen man sich in Gruppen zu dritt und zu fünft in der Abendsonne rekelt...

Kapitel 3

Freundlich geleitete sie der alte Wirt in ein Zimmer des ersten Stockwerks. Es war kahl, einfach, blumig tapeziert. Holzbetten standen darin, ein großer Waschtisch, eine Vase mit einem künstlichen Blumenstrauß – an der Wand hingen zwei Pendants: »Eroberung Englands durch die Normannen«, und in gleichartigem Rahmen und symmetrisch aufgehängt »Großpapachens 70. Geburtstag«. Die Tür schloss sich, sie waren allein.

Das Hotel unseres Pärchens von heute heißt *Haus Rheinsberg*. Es besitzt in Fluren und Zimmern, bei Türen und im Restaurant allen erdenklichen Luxus für barrierefreie Durchfahrten und Durchläufe und steht, nur getrennt von einem schmalen Uferweg, direkt am See. Mit ein bisschen Fortune erwischt man einen Tag, an dem die wenigen Zimmer mit Blick auf die Schönheit des Sees noch nicht vergeben sind. Die Möblierung ist zeitlos modern und alles andere als nur funktional geordnet. Doppelbett, Flachbildfernseher, Telefon, Tisch, Schrank, holzvertäfelte Wände,

Terrassenmöbel, perfekt abdunkelnde Gardinen und Internetzugang. Das Bad verführt zur behaglichen Dusche, und für tiefergehende Entspannung gibt es ein wohltemperiertes Schwimmbad und eine Sauna im Keller.

Man führt das Pärchen in ihr Appartement, das mit viel Holz getäfelt ist und von seinem ausladenden Balkon aus eine weite Sicht über das Wasser, den Uferwald und den kleinen Hafen mit seinen in den Wellen schaukelnden Ausflugsschiffen und Yachten bietet.

Sie sehen auf ein einladend breites Bett.

»Hui, schick«, flüstert Linn. Es klingt wie ein weiches Zischen.

»Was hast du gesagt?«, fragt Gilbert.

»Ach, nichts«, antwortet Linn.

Eine Spezialität von ihr. Sie sagt etwas, und wenn er nachfragt, scheut sie sich, ihre Worte zu wiederholen. Er empfindet das als kindisch, aber es gehört zu ihr.

Beim Blick auf das gutgebaute Bett schwingen seine Gedanken zu ihrer ersten Nacht in Venedig. Beinahe zehn Jahre liegt das jetzt zurück. Sie waren auf diese Reise gegangen, obwohl sie gerade einmal drei Wochen beieinander waren. Würde eine zehn Tage lange Reise gutgehen?

Die Piazza San Marco. Wenn sie schlafen gingen und morgens erwachten – nach Nächten voller Hingabe, Hitze und ohne jegliche Grenzen –, blickten sie aus ihrem Zimmer, von den Kissen ihres Bettes aus auf den Campanile der Basilika. Sie schliefen wenig damals, weil auch ihre Liebe nie müde war …

Und heute? Flüchtig ist der Kuss zur Nacht, kalt die Hände unter den Bettbezügen.

»Mir gefällt das Bett«, sagt er. »Es erinnert mich an Venedig. Weißt du noch?«

Sie sitzt auf einem Stuhl an einer behaglichen Wand. Das Holz wärmt sie.

»Wir waren verliebt«, sagt sie.

»Ja, waren wir.« Er geht auf sie zu. Beugt sich zu ihr hinunter. Seine Nase kitzelt die ihre.

»Ich liebe dich noch immer«, sagt er.

»Soll ich dich zeichnen?«, fragt sie zurück. »Mit dem Gesicht eines Mannes, der sagt, dass er mich liebt?«

Er sitzt ihr Modell. Eine Stunde lang.

Er sieht dabei aus dem Fenster, auf den See. Hausboote von der Größe eines kleinen Bungalows schippern auf dem Wasser, ein Schnellboot jagt über den See, wie auf der Flucht vor sich selbst. Gilbert hat ein entspanntes Gesicht. (Ihr wird das Bild Jahre später von der Wand fallen, es wird Scherben geben, aber die Zeichnung würde erhalten bleiben …)

Als sie die Kohlestifte beiseite legt und ihm das Bild zeigt, sagt er:

»Ich lege mich mal aufs Bett. Probe. Liegst du mit?«

»Du musst erst sagen, ob es dir gefällt. Das Bild.«

»Es trifft mich ziemlich genau«, sagt er.

Er macht sich lang. Sie kriecht hinterher. Er nimmt sie in den Arm. Ihr Haar kitzelt in seiner Nase. Er tastet nach ihr. Sie lässt es zu.

»Linn?« Er flüstert in ihr Ohr.

»Ja?«

»Was gibt uns die Hitze von einst zurück?«

Sie schweigt. Richtet sich dann auf und greift nach dem Buch. Sie liest vor:

Was war, von oben betrachtet, ein Liebender? – Ein Narr. Wenn sich ihm das geliebte Herz eröffnete, schwieg er, satt und zufrieden. Ganze Literaturen wären nicht, riegelten die Mädchen ihre Türen auf ... Ein Amoroso war zu befriedigen, gebt ihm das Weib, das er begehrt, und der tönende Mund schweigt. Was gibt es, uns zum Schweigen zu bringen? Wir haben nichts mehr zu verschleiern, wir wissen um alle Heimlichkeiten der Körper ... Auch um alle der Seele? – Es gibt Worte, die nie gesagt werden dürfen, sonst sterben sie ... Aber wir wollen nicht in diese Tiefen der Schatzkammern, wir haben einander ganz, und doch sehnen wir uns. Was ist das, das uns forttreibt, weiter, höher, vorwärts?

Sie legt das Buch beiseite.

»Gilbert?«

»Ja?«

»Hast du das verstanden?«

»Was genau soll ich verstanden haben?«

»Dass wir mit dem, was wir haben und hatten, nie zufrieden sein dürfen. Wir müssen uns stets neu erobern, weil zur körperlichen Liebe auch die Seele gehört. Du fragst nach Hitze … Ich liebe dich, mein Gilbert, auch wenn die Feuer vielleicht nicht mehr so hoch brennen wie einst. Und doch brennen sie.« Linn flauscht ihre Haare etwas auf; deren Kringel an den Spitzen verteilen sich auf dem Hemd Gilberts.

»Du hast zu viel an«, sagt sie.

Sein Hemd fliegt aus dem Bett. Sie sieht auf seine Brust. Feine Härchen. Sie streicht darüber. Er zittert etwas.

Sie legt die Hand auf den Gürtel seiner Hose. Dann ein Stückchen tiefer. Er schließt die Augen.

Vor dem Fenster das Tröten eines großen Bootes. Das Nichts des großen Sees gebiert einen Hall. Er läuft wie die Kugel auf einer Roulettescheibe bollernd durch die feuchte Luft.

Sie atmet seinen Geruch ein. Vertrautes Gemisch aus Sandelholz, Schweiß, den feinen Härchen. Er gibt seinen Händen eine Richtung vor. Heiße Region. Sie stoppt ihn.

»Ich lese wieder vor«, sagt sie.

Glücklich sein, aber nie zufrieden. Das Feuer nicht auslöschen lassen, nie, nie! […] Entkleide die deinige von deinen Begierden, sie zu besitzen, setze sie in dein Zimmer, wunschlos, allein, denk, du habest alles, was du wolltest … Bliebe sie? Kann sie mehr als locken, versprechen? – Kann sie geben? Nicht jede hält die Belastungsprobe aus. Man behütet nicht umsonst ängstlich das Letzte, wenn man nicht weiß, dass es das Kostbarste ist, was man zu geben hat. Eroberungen, bei denen der Reiz nur im Erobern besteht. Wir aber wollen besitzen.

Und es gibt keine tiefere Sehnsucht als diese: die Sehnsucht nach der Erfüllung. Sie kann nicht befriedigt werden …

Gilbert legt sich über sie.

»Hatte ich alles, was ich haben wollte oder habe ich es noch? Bin ich mit dir, aber bin ich doch allein? Bleibst du bei mir? Obwohl längst erobert, spürst du noch Sehnsucht?« Er muss warten auf eine Antwort.

Schließlich haucht sie ein »Ja«.

Er sucht ihren Mund. Sie hilft ihm nicht dabei. Ihre Augen verraten Fremdheit. Er gibt auf.

Sie sagt: »Lass uns essen gehen.«

Kapitel 4

Hinunterspaziert über die Seestraße zum Kirchplatz, an den Markt. Bäume geschnitten, viele niedrig und alt, Bänke aus Holz, ein stiller Platz, jetzt kurz nach acht am Abend.

»Hier gibt es kein Rauschen wie am Alexanderplatz«, sagt er.

»Kein Dröhnen und Kreischen einer Straßenbahn«, sagt sie.

»Und erst die Tulpen«, und er zeigt auf eine Rabatte in der Mitte des Platzes, auf der jede der Blumen so hell leuchtet wie rote Laternen auf chinesischen Dschunken. »So rot und so gelb, man müsste jetzt wissen, wer sie gepflanzt hat, und warum an diesem Platz. Mich würde auch interessieren …«

Er hält sein Handy in der Hand, macht ein Foto. Sie kneift ihm in die Hand.

»Sieh mit den Augen, mein großer Junge«, flüstert sie etwas streng. »Alles Gesagte verliert doch seinen Wert, ist es gesagt. Alles Fotografierte ist von unseren Erinnerungen ausgeschlossen.«

»Hm«, macht er. »Und was ist mit deinen Zeichnungen? Ersetzen sie nicht auch eine mögliche Erinnerung?«

»Nein, du Dummerchen. In einer guten Zeichnung steckt die Fantasie des Moments. Sie zeigt, was man auf Anhieb gar nicht sah oder nie sehen würde.«

Sie schweigen. Und dann stehen sie vor dem Gasthaus *Zum Alten Fritz*. Ein altes Haus, zweistöckig, lehmgelb angestrichen, gebaut wohl 1890. Vormals *Rebstock's Hotel und Weinhandlung*. Davor eine Linde.

»Ein schöner Baum«, sagt er.

»Und das viele Grün«, fügt sie an.

»Vergiss die Tulpen nicht.« Er stupst sie an.

Wie alle Großstädter bewunderten sie maßlos einen einfachen Strauch, überschätzten seine Schönheit und ohne das Praktische aller sie umgebenden ländlichen Verhältnisse zu ahnen, sahen sie die Dinge vielleicht ebenso einseitig an wie der Bauer – nur von der anderen Seite. Nun, hier in Rheinsberg erforderten die Gegenstände nicht allzu viel praktische Kenntnis, man war ja nicht auf einem Gut, das bewirtschaftet werden sollte.

Draußen sechs Tische, darüber hohe Schirme, die Stühle sehen zum Verweilen bequem aus, trotz der schmalen Lehnen. Sie sitzen kaum, als die Bedienung erscheint.

»Sie wünschen?« Ein junger Mann, ein wenig über

die zwanzig, Schmuck in den Ohren, blondes Haar, Seitenscheitel, offener Blick.

Man wolle Aperitif.

Vorschläge fliegen wie emsige Bienen hin und her. Man einigt sich auf eine Flasche Crémant de Loire Brut. Dazu zwei Gläser, bitte. Für die Auswahl des Essens brauche man noch Zeit.

»Die haben Sie«, sagt der junge Mann. Er wirft ihr Blicke zu, die ihr durch und durch gehen. Ohne Zweifel flirtet er. Er blinzelt ihr bei seinem Abgang noch einmal eindeutig zu.

»Ob er ein Gerstenkorn hat?«, fragt Linn ihren Gilbert nur Momente später.

Ihm waren die optischen Avancen entgangen.

Mit dieser Frage beginnen sie ein Spiel, das beide lieben. Ihnen unbekannte Personen einzuschätzen und ihnen zuzuschreiben, was sie wohl wären und wie sie wohl dächten. Heute war der junge Kellner ihr Opfer.

»Er blinzelt, weil er eine Verabredung mit dir will«, sagt er.

»Weil er allein lebt?«, fragt sie.

»Ja, mit seiner Mutter. Sie hat das Zimmer neben ihm und horcht nachts an der Wand, was er treibt.«

»Er ist ihr einziger Sohn und sie kann nicht loslassen«, sagt sie.

»Und als er noch eine Freundin hatte, belauschte sie ihre Spiele«, fügt er an.

»Doch er bekam es mit und machte ihr eine Szene«, folgert sie.

»Seine Freundin hat es nicht so weggesteckt wie er und trennte sich deshalb von ihm. Sie wollte keine Schwiegermutter, die Strichlisten über die Male ihrer erotischen Nächte macht.«

Beide kichern jetzt.

»Er ist jung, er machte es mehrmals am Tag mit ihr«, sagt er.

»Er hat es mit ihr zehnmal gemacht und dann ist sie geflohen«, sagt sie. Sie fixiert den Kellner, der jetzt mit dem Brut kommt. Linns Hand landet auf dem Knie von Gilbert. Sie sieht ihm in die Augen. »Prosit.«

Er sagt: »Es möge nützen.«

Sie trinken.

»Wie oft *wir* uns wohl geliebt haben?«, fragt sie.

Er guckt wie ein Dackel.

»Ich versuche es mal zu schätzen: Also, wir kennen uns seit zehn Jahren mal dreihundertfünfundsechzig Tagen ... Macht dreitausendsechshundertundfünfzig Tage. Wir machten es aber nicht jeden Tag. Nehmen wir an, jeden dritten. Also die ganze Chose durch drei.«

Linn rechnet. Ihre Stirn liegt dabei in Falten. Er lächelt. Er hat jetzt Lust, sie zu küssen. Doch die Mathematik ist eine strenge Disziplin. Man stört sie nicht durch Leichtigkeit. Und dann ist da noch das Gefühl, dass sie im Moment etwas Komisches macht. Sie zählt nach, wie oft er wohl imstande gewesen war ...

Ihr Kopfrechner wirft eine Zahl aus.

»Tausendzweihundertsechzehn Mal.«

»Gigantisch«, sagt er. »So viel Energie.«

Ihr Lächeln ist heiter.

»Ja, das waren noch Zeiten. Aber derzeit …«

»Musst du immer wieder …«, unterbricht sie ihn, beendet aber den Satz nicht.

Der Kellner steht jetzt nur wenige Meter abseits ihres Tisches und schreibt etwas auf einen Zettel. Sie sucht ihn mit den Augen. Er schenkt ihr ein vieldeutiges Lächeln.

Eifersucht steigt in Gilbert auf.

»Willst du wieder etwas Junges?«, fragt er. »Einen, der es mehrmals schafft am Tag? Ich scheine ja nicht mehr …«

Sie wirft den Brut in einem Zug in sich. Stellt das Glas grob ab, es klirrt laut und vernehmlich. Gäste des Nachbartisches blicken zu ihnen herüber.

»Nein«, sagt sie fest. »Du hast mir immer gereicht. Du weißt genau, wie und wann ich es brauche.«

»Dann sollten wir …« Weiter kommt Gilbert nicht.

Der Kellner schiebt sich zwischen sie.

»Schon gewählt?«

Sie bestellen Rucolasalat mit gebratenen Kalbsleberstreifen, roten Zwiebeln und Honig-Senf-Dressing. Dazu Kalbs-Meerrettichschnitzel mit Sesammöhren und Petersilienkartoffeln.

Und nach einer Weile, die sie mit Blicken über den

See, den Park und die angrenzenden Häuser verbringen, fragt sie unvermittelt:

»Lädst du mich ein?« Sie guckt etwas frech.

»Du bist mir alles wert«, sagt er. »Nur, mach mir keine Strichlisten über unsere Male der nächsten zehn Jahre.«

»Nein.« Sie kichert. »Glaubst du, ich weiß nicht, dass nun die Qualität und nicht die Quantität entscheidet? Wir sind beide nicht mehr so jung wie der da.«

Der da Gemeinte hantiert nur unweit von ihnen mit Bestecken.

Sie trinken die Flasche halbleer.

Das Essen kommt. Der Kellner stellt die Teller vor ihnen ab. Er sieht auf Gilbert mit scheuem Blick. Er sieht auf Linn mit Gier. Seine Hände sind feingliedrig.

»Er spielt sicher Klavier«, sagt sie und blickt ihm hinterher.

Er bewegt sich federleicht.

»Nu, iss mal und red' nicht so viel«, sagt er. Es klingt streng und verärgert.

Sie fügt sich sogleich.

In ihrem Zimmer sind sie kurz vor Mitternacht.

Kapitel 5

Linn braucht lange im Bad. Es werden die Haare gekämmt, die Achseln benässt, die Gesichtscreme erneuert, die Haut beobachtet, die Toilette benutzt. Gilbert dämmert indes schnell weg. Es ist nur ein Wispern, das an sein Ohr dringt, doch er geistert schon weit weg in einer Traumwelt.

Morpheus macht Sachen.

Er irrt durch ein Labyrinth mit vielen Türen, von der sich eine öffnet – in einen Abgrund, aus dem ein Mensch zu ihm nach oben ruft. Er liegt gefesselt im Zentrum eines Kreises aus Feuer, aus dem es kein Entrinnen gibt. Er rennt im Schlaf durch ein Weizenfeld, doch er kommt nirgends an. Da sind die Hände fremder Menschen, die er drückt, die nach ihm greifen, die ihn packen, an sich ziehen, liebkosen und wieder von sich stoßen – doch sie haben keine Gesichter.

In der Nacht wachte er auf. Vorsichtig bauschte er den Vorhang, der weiß und faltig am Fenster leise vom Nachtwind bewegt war. Der Mond gespensterte in den Bäu-

men, ein Obelisk stand seitwärts drohend da und warf einen scharfen Schatten. Das Laub rauschte auf. Warum reagieren wir darauf wie auf etwas Schönes, fühlte er. Es ist doch nur ein durch Schallwellen fortgepflanztes Geräusch … Und überließ sich gleich darauf willenlos diesem ruhigen Rauschen, das ein wenig traurig war, aber Hohes ahnen ließ und die Brust weiter machte …

Gilbert fährt herum, horcht an der Brust Linns. Sie atmet tief und gleichmäßig. Er erhebt sich, stellt sich ans Fenster und blickt auf den See. Schwarz wie der Teer in seinem Traum liegt er da. Ein Lämpchen leuchtet auf, erlischt aber sofort wieder. War es ein Boot? Oder kam das Licht aus dem Wald? Wind streicht ihm durchs Haar. Er fröstelt. Der Vorhang streichelt seine Haut. Linn macht ein Geräusch. Er legt sich leise neben sie. Sein Mund atmet auf ihr Schulterblatt. Es liegt frei, sie trägt nichts …

Sie bewegt sich leicht. Er presst sich dicht an sie heran. Er fühlt ein Begehr. »Lass uns schlafen«, flüstert Linn leise.

Er fällt auf seine Seite. Düstere Gedanken im Kopf. Wenn die Liebe geht, wohin entschwindet sie? Aber war ihrer beider Liebe wirklich verschwunden? Oder war es nur das Begehren, die Trägheit der Nacht gegen die Energie der Triebe zu tauschen? Schlafes Bruder ist kein zahmes Tier, denkt Gilbert. Vielleicht sind wir nur zu alt zum Jagen.

Archetypisches Geraune in ihm. Wann ist ein Mann ein Mann? Wenn er seine Wollust dem Weibe zu beweisen vermag? Oder ist das nicht zu kurz gedacht?

Philosophisches Geraune aus der Erinnerung. Abitur, ein Aufsatz, Titus Lucretius Carus, genannt Lukrez, ein römischer Dichter der Antike. Philosophie, darin war er gut gewesen.

Gilbert erhebt sich. Verstößt gegen seine Enthaltsamkeit. Er sündigt, benutzt das Internet. Philosophische Schriften der Antike. Er sucht, er findet, er liest.

Lukrez: Über die Natur der Dinge:
IV. Wahrnehmen, Denken, Begehren.

Über die Liebe

Doch nur ein menschliches Bild kann den Samen des Menschen erregen. Wird nun dieser vertrieben aus seinem Ursprungssitze,

Läuft er von überall her durch sämtliche Glieder des Leibes
In die bestimmten Gefäße der Samenstränge, von wo er
Allsobald auch erregt die Zeugungsglieder des Körpers,
Diese nun schwellen vom Samen gereizt, es entsteht das Verlangen,

Ihn dort auszuspritzen, wohin ein gewaltiger Trieb strebt,
Und der Leib ist sein Ziel, der die Herzenswunde geschlagen.
Denn wir fallen gewöhnlich auf unsre verwundete Stelle;
Dorthin schießt uns das Blut, von wo wir die Hiebe empfangen;

Ist in der Nähe der Feind, trifft diesen der rötliche Blutstrahl.

Wem nun die Pfeile der Liebe die Herzenswunde geschossen,

Mag sie ein Knabe versenden, der weibliche Reize zu Schau stellt,

Oder ein Weib, das die Liebe aus allen Gliedern des Leibes

Ausstrahlt, der geht los auf den Schützen und sucht die Verbindung,

Sucht aus dem eigenen Leibe den Saft in den ändern zu schleudern;

Denn sein stilles Begehren verheißt ihm Wonne der Wollust.

Gilbert schaltet das Internet ab. Wenn es nun so ist, dass er Linn begehrt, wie würde er es schaffen, dass auch sie ihn begehrt? Endlich wieder? Oder begehrt sie ihn, ist aber von irgendetwas verwundet? Er weist den Gedanken von sich, dass er sich durch ihre Abweisung gedemütigt fühlt. In Gilbert rumort es weiter. Will Linn ihm mit ihrer Abwehr etwas mitteilen? Ist es eine Botschaft, in der mehr steckt, als nur die Ablehnung seines Triebs? Er will sie morgen danach fragen.

Tag zwei, Samstag

Dasein und Deutungen

Kapitel 1

Die Liebe schläft nie. Gilbert erwacht mit den gleichen Gedanken, mit denen er auch eingeschlafen war. Linn piepst und murmelt viel in ihrem Rausch zwischen Schläfrigkeit und Wachheit, will bewispert und gestreichelt werden. Und da verharrt es denn auch, wie schon seit vielen Wochen.

Frühaufsteher müssen beide nicht sein, um den Fortgang der Natur in all ihren Facetten zu erspüren. Wir schreiben zwar den Sommer dieses Jahres, doch Farben, Geruch und das hektische Tun der Bewohner des Schlossparks zu Rheinsberg, der nahen Wälder und des Grienericksees sind immerwährend, allgegenwärtig und an keine Jahreszeit gebunden.

Sie wissen, dass dies ein Ort ist, an dem geträumt, Händchen gehalten, liebkost und ein ausgiebiger Spaziergang gemacht werden kann. Hier wachsen merkwürdige Bäume, die eher einem Zauberwald entstammen könnten, umrahmt von hell blühendem, mannshohem Gesträuch; hier blühen wilde Rosen an den zerfransten Uferrainen der ziemlich kühlen Seen das ganze Jahr über; hier strömen schwer zu beschreibende Düfte durch verwunschen wirkende Waldareale aus dünnen Kiefern, die so kerzengerade wie die Gardisten vor dem Buckingham Palast stehen.

Die Menschen, die hier leben, sind ganz und gar nicht fremdenscheu, lieben ihr Städtchen im Großen und Ganzen, und wenn es darum geht, das Neueste vom Nachbarn zu berichten, so wird das auch in epischer Breite getan. Rheinsberg ist eine soziale Oase, in der man von hervorragend bis alltäglich essen, trinken und feiern kann. Eine Stadt wie das Atelier eines Malers, in dem Pinsel, Farben und Mischkasten ordentlich beieinanderliegen, während auf dem Bild noch kreative Unordnung herrscht.

Ausflügler rasten im nahen Boltenmühle, wo es den Anschein hat, als tanzten hier Nacht für Nacht Biester wie Kobolde und gehässige Hexen auf dem von schwarzen Abhängen umrahmten Platz mit den wilden Teichen … Von Stegen am Grienericksee rudert man hinaus, spaziert am Ufer, wo ein wildes Blätterrauschen alter Buchen jedes noch so windzerfegte Wellengeplätscher übertönt. Hier werden Linn und Gilbert durch den Schlosspark von Rheinsberg ziehen, durch den einst der junge Friedrich allein oder in Begleitung wanderte, um später, als »der Große« zu schreiben: »Nur in Rheinsberg war ich wirklich glücklich.«

Nein, Frühaufsteher müssen Gilbert und Linn hier nicht sein, schließlich waren es Wolfgang und Claire auch nicht, als sie 1911 hier drei Tage verbrachten, die ihr geistiger Schöpfer Kurt Tucholsky als eine persönliche Liebeserklärung an Rheinsberg in Worte kleidete.

Kapitel 2

In leichter sommerlicher Kleidung, satt von einem Frühstück mit Früchten, Kaffee und Honigbrötchen, geht es auf zu einem Spaziergang. Ein als »Leuchtturm« bekannter, schlanker, hoher Bau mitten im Wald auf dem Krähenberge soll besucht, seine Legende erforscht werden.

Weite Felder ziehen sich an ihrem Weg in den Wald hinein, Pferdekoppeln, zwei Gehöfte. Bis zum Horizont ausgelassene Wolkenspiele, eine heitere Sinfonie himmlischer Bilder.

Bevor es in den Wald geht, ein Lokal. Die Wirtin hat den Schlüssel für den Turm, droht scherzhaft mit dem Finger und sagt, man solle ja keine Dummheiten machen …

Gleich hiernach ein Dickicht aus Tannen, Kiefern, dazwischen Buchen und viele Farne. Es riecht nach Harz und feuchtem Moos, Linn hält Gilberts linke Hand, es geht schweigend im Gleichschritt vorwärts, einen Hügel empor. Noch ist der Turm nicht in Sicht. Gilbert gibt sein Wissen preis.

»Friedrich liebte die schönen Künste, das Flötenspiel und, glaubt man seinem Freund und philosophischem Inspirateur Voltaire, auch Pagen, Lakaien und junge Kadetten ...«

»Woher weiß er das?«, fragt Linn.

»Voltaire war dabei. Er hat es aufgeschrieben in einem Büchlein von 1784. Er nannte es *Denkwürdigkeiten aus dem Leben des Herrn Voltaire, aufgezeichnet von ihm selbst.*

»Uh. Ein Philosoph mit Hang zum Klatsch.«

»Nun«, klingt Gilbert sehr fachmännisch, »er galt im achtzehnten Jahrhundert als der erste Kopf der französischen Aufklärung. Mit Friedrich, dem Despoten und größten Junker Preußens, verband ihn eine spektakuläre Freundschaft. Voltaire glaubte, in dem begabten, geistreichen, kunstverständigen und anspruchsvollen König einen aufgeklärten Monarchen entdeckt zu haben, der sich mit allen Kräften und Mitteln für die Vorbereitung der bürgerlichen Aufklärung einsetzen würde. Friedrich wiederum sah in dem streitbaren Literaten und scharfsinnigen Philosophen den Mann, der mit seinen Kenntnissen, seinen diplomatischen Fähigkeiten und seiner Ausstrahlung dem preußischen Hof den fehlenden europäischen Glanz verleihen konnte. Erst schrieben sie sich Briefe, dann lud ihn der König ein, und Voltaire kam nach Sanssouci an dessen Königshof.«

Linn hat Gilbert schweigend zugehört und immer

mal wieder seine Hand, die sie fest umschlossen hält, gedrückt. Es gefällt ihr offenbar sehr, dass Gilbert so belesen ist.

»Aber was hat das alles mit dem Turm zu tun, den wir jetzt besteigen wollen?«

Das Bauwerk ist bereits in Sicht. Gehüllt in eine Farbe aus zartem Rosa, ein im Baustil der Gotik gehaltener, sechseckiger Brocken auf einem Hügel, steil aufragend, irgendwie stolz.

»Er diente, so erzählt man sich seit nunmehr über zweihundert Jahren, dem damaligen Kronprinzen Friedrich angeblich dazu, von ihm aus zu entdecken, wann sich der gestrenge Vater von Berlin aus dem Rheinsberger Schloss näherte. Friedrich Wilhelm war eher Liebhaber von Soldatenspielen, Kriegstaktiken und Eroberungsfantasien und teilte die Leidenschaften seines Sohnes für die Kunst überhaupt nicht. Außerdem war ihm die Nähe zu dessen männlichen Bediensteten suspekt.«

»Verständlich«, sagt Linn. »Er lebte in einer muffigen Zeit.«

Sie erklettern den Turm – und Linn ist enttäuscht.

»Zugewachsen«, sagt sie. »Dabei würd' ich so gerne sehen, was die Wachen des jungen Fritz sahen.«

»Nichts haben sie gesehen, weil es sie gar nicht gab. Die Geschichte von den Wachen, die Friedrich Lichtsignale sendeten, wenn die Gefahr in Gestalt des Königs nahte, ist eine Legende.«

»Wie schade«, sagt sie. »Gerade stelle ich mir vor, wie hübsche Grenadiere nach der königlichen Kutsche spähen, die mit dem Prinzenvater an Bord aus Berlin nach Rheinsberg zum Prinzen rollt. Und der Vater malt sich schon aus, wie er seinen Sohn inmitten seines musischen Lotterlebens überraschen will, doch Friedrich versteckt seine Querflöte schnell unterm Bett und nimmt stattdessen flugs ein Gewehr zur Hand, um dem Vater zu gefallen ...«

»Ja, hätte eine amüsante Geschichte sein können«, sagt Gilbert nüchtern. »Doch zu der Zeit, als der Kronprinz Friedrich mit seiner ungeliebten Gemahlin Elisabeth Christine in Rheinsberg lebte, stand der Turm aber noch nicht. Er ist erst Mitte des achtzehnten Jahrhunderts erbaut worden, da war dessen Vater bereits tot und Friedrich regierte als ›der Große‹ in Berlin.«

»Dass du immer alles besser wissen willst!«, ruft sie aus. »Die Geschichte ist zu schön, als dass sie nicht wahr sein kann. Ich will nicht, dass du sie zerstörst. Manchmal ist mir Wissen einfach *zu real*.«

»Du denkst in künstlerischen Freiheiten«, sagt er. »Das darfst du auch. Aber Tatsache ist Tatsache.«

»Ich nehme eben die Realität anders wahr. Auf meine Weise ...«, sagt sie und zieht eine Schnute. »Ich klettere wieder nach unten und zeichne diesen Turm. Was du machst, ist mir egal.« Und schon ist sie weg.

Gilbert sieht von der Plattform in die Tiefe. Da sitzt

sie auf einem Stein, Zeichenblock auf dem Schoß, Kohlestifte in der Hand. Er sieht in die Ferne. Die Luft flimmert vor Hitze.

Er steigt die Treppe durch den engen Turmschacht wieder zurück in die Tiefe. Er sagt sich, dass seine Liebe zu Linn auch darauf fußt, dass sie das Chaos und er die Ordnung liebt. Während er sich gern an das hält, was ist, und nicht an das, was sein könnte, lebt Linn in umgekehrter Weise. Er empfindet das als Bereicherung.

Schon als Kind liebte er die Ordnung aus Ursache und Wirkung. Er besaß einen Modellbahnhof und spielte mit Zugkellen, Bahnmützen und Trillerpfeifen. Wenn er blies, hielten sich Mutter und Vater die Ohren zu. Und gab es etwas zu essen, musste erst ein Zug aus dem Bahnhof rollen, denn sonst kam er nicht zu Tisch. Heute koordiniert er als Manager bei der Deutschen Bahn die Fahrgastzüge und Fahrpläne quer durch Europa.

Ursache und Wirkung in ihrer reinsten Form, findet er.

Er schleicht sich leise an Linn heran. Sie sitzt von ihm abgewandt auf einem Holztisch mit zwei sich gegenüberstehenden Bänken und streicht mit ihrem Kohlestift wild über das Papier. Auf ihm verbirgt sich die Silhouette des Turms hinter einem Pulk von Soldaten, die in ihrer Mitte einen in weite Gewänder gehüllten, gekrönten Menschen abführen. Gewehre sind auf ihn gerichtet. Soldaten glotzen, gaffendes Volk.

»Der Prinz oder sein Vater?«, fragt er.

»Der Vater. Er ist gegen die Kunst, gegen die Jugend, gegen die freie Liebe.« Linn redet sich in Rage. »Er hat sich mit der Ablehnung der Andersartigkeit seines Sohnes des seelischen Missbrauchs schuldig gemacht. So, wie es heute auch alle tun, die sich im Namen ihrer Religion, ihrer politischen Weltanschauung oder einfach nur des Hasses wegen gegenüber Schwulen, Lesben, Flüchtlingen, Künstlern, Journalisten oder einfach nur Andersdenkenden schlecht benehmen, oder sich gar an ihnen vergreifen oder sie verfolgen. Auf meinem Bild muss er dafür büßen.«

Gilbert schweigt kurz, dann:

»Was tun sie mit ihm?«

Linn nagt an ihrer Unterlippe, sieht zu ihm auf.

»Du bist der Manager. Beurteilst jeden Tag deine Angestellten. Was würdest du mit so einem intoleranten Typen tun?«

»Ihn erst aufklären. Und wenn das nichts nützt, ihn feuern.«

»Stimmst du mir überhaupt zu, dass sich der König an seinem Sohn schuldig gemacht hat?«, fragt sie.

»Ich bin deiner Meinung«, sagt er. Schweigt kurz. Dann: »Ich würde dir aber gern jetzt eine Frage zu uns beiden stellen.«

Sie ermuntert ihn mit den Augen.

»Habe ich mich auch schuldig gemacht? Liegt es an mir, dass wir seit einiger Zeit im Bett nicht mehr so zueinanderfinden, wie es einmal war?«

Sie jongliert mit ihrem Stift in der rechten Hand. Es sieht nervös aus. Sie blinzelt in die Sonne.

»Nein, hast du nicht. Es gibt da *etwas,* aber darüber will ich *jetzt* nicht reden.«

Er guckt leicht irritiert.

»Na gut«, lenkt er ein. »Dann komm mit auf mein Schloss. Ich will es dir zeigen.«

Sie greift nach seinen Händen und sieht ihm direkt in die Augen.

»Jawohl, mein König.«

Kapitel 3

Das Schloss leuchtete weiß, violett funkelten die Fensterscheiben in hellen Rahmen, von staubigen Lichtern rosig betupft, alles spiegelte sich im glatten Wasser. Baumgruppen standen da, rötlich-gelb beschienen mit schwärzlichen Schatten, sie warfen lange, dunkle Flächen auf den Rasen. Träge schob sich der See in kleinen Wellchen an die schilfigen Ufer …

Sie rasten auf einer Bank am Ufer, sehen auf das Domizil des einstigen Prinzen.

»Man hat es gelb gestrichen«, sagt Linn. »Wie die Farben im Barock.«

»Mit der Geschichte von Farben kenne ich mich nicht so aus«, gibt er zu.

»Ach du«, sagt sie. »Dafür hast du ja mich«, und stupst ihn in die Seite. »Ich bin Künstlerin, ich liebe Farben, Kunstgeschichte und zeichne. Du bist der Digitale, der Manager, der Organisator.«

Gilbert runzelt die Stirn.

»Was wir hier tun, ist nicht digital«, sagt er. »Wir

sehen mit den Augen und benutzen keine Suchmaschine im Internet. Wir laufen mit den Beinen und reisen nicht auf virtuellen Landkarten. Wir reden miteinander und chatten nicht. Und wenn wir einen Kaffee trinken, dann setzen wir uns, blinzeln in die Sonne und sind dabei nicht *to go*.«

»Wie schwer fällt dir das?«, fragt sie. »Würdest du mich … zum Beispiel … gegen einen noch schnelleren Rechner eintauschen? Mensch gegen Maschine?«

»Sei nicht albern, Linn …«

»Doch, doch …«

»Nein!«

»Nein?«

»Ich würd' dich gegen nichts in der Welt eintauschen …«

»Auch nicht gegen was Jüngeres? Mit Brüsten wie feste Äpfel und Haut wie von Nektarinen, mit der Mumu eines Teenagers und den glühenden Augen der Hera?«

»Eben war's noch eine Maschine, jetzt was Jüngeres … was willst du mich denn wirklich fragen?«

Sie lehnt sich an ihn. Ihre Finger sind schwarz von den Kohlestiften. Ihr Haar flauscht sich an seinen Hals.

»Er hat mir einen Zettel zugesteckt«, sagt sie. Aber guckt ihn nicht an dabei.

»Wer?«, fragt er. In ihm steigt etwas auf, was ihm den Atem nimmt.

»Der junge Kellner von gestern.«

»Wann? Wo?«

»Ich kam aus dem Waschraum, und er gab ihn mir.«

Er spürt noch schwerere Atemnot.

»Und was stand darauf? Etwa Telefonnummer und Adresse?«

»Ich weiß es nicht«, sagt sie. »Ich habe ihn noch nicht gelesen.«

Er schweigt. Es liegt etwas Gefährliches in der Luft, vielleicht so wie vor einem schweren Gewitter.

»Würdest du *mich* also gegen einen Jüngeren austauschen?«, fragt er leise japsend. »Gestern hast du noch gesagt …«

Linn kramt in ihrer Tasche, in der auch der Zeichenblock steckt. Sie hält den *Casus* seines akuten Leidens in der Hand. Sie befühlt ihn mit den Fingern, knüllt ihn leicht, faltet ihn wieder auseinander, steckt den schmalen Zettel wieder ein. Währenddessen: Gilbert leidet.

»Warum tust du das?«

»Es ist nur ein Zettel«, sagt sie.

»Nein«, sagt er. »Es ist ein Zeichen von dir.«

Sie sieht zur Seite. »Komm ins Schloss, mein König.« Sie wirft den Zettel wieder in ihre Tasche, zieht ihn von der Bank mit sich durch den Park.

Er hat ganz weiche Knie, atmet aber wieder normal.

Kapitel 4

Als im Mai 1991, nach vielen Jahren der Dämmerung, im Schloss wieder Licht einzog, kamen auch die Besucher wieder nach Rheinsberg. Sie machten einen Ort lebendig, der in Sieche lag. Und da der Mensch gern resümiert, hatte er ein Vierteljahrhundert darauf dazu Gelegenheit. Man feierte mit Honoratioren und Politikern, mit Künstlern und Kuratoren das Jubiläum der Schlosseröffnung und zeigte stolz in den Räumen und dem Garten, im Park und an seinen Ufern Erkenntnisse und Neuigkeiten, Historie und Ausblicke in die Zukunft (»Der Musenhof erstrahlte in neuem Glanz«, »Millionen Fördermittel des Bundes und des Landes für die Stuckarbeiten ...«, »Der Stiftung Preußischer Schlösser und Gärten ist zu verdanken, dass ...«).

Es war die Dokumentation einer bemerkenswerten Wiedererweckung, aber auch eine Feier eigener Erfolge ...

Der Resümierer von heute ist ein multimedialer Mensch, der in Videos und Animationen, in elektronischen Zwitschern und 3-D-Grafiken umfänglich darstellt, was ihn zum Resümieren trieb. Da können Räume mit prächtigen Gemälden, mit Mobiliar aus feinem Holz und mit allerlei Zierrat und Brokatüberwürfen auf historischen Couchen und Tapeten aus Seide schon mal in optische Bedrängnis geraten. Da ging also beinahe unter, dass hier einst zwei Prinzen lebten, von denen der eine ein König wurde und der andere sein Bruder blieb.

Unser Paar aus Berlin ist jedoch auf der Hut. Schließlich lasen sie bei Tucholsky von einem kauzigen Kastellan namens Adler, dessen Ehrfurcht vor dem Leben der deutschen Infanten im Schloss ehrlich war und unterhaltsame Blüten trug.

»Mein Name ist Herr Adler. Ich bin hier der Kastellan.«

Die Zimmer, durch die er sie führte, waren karg und enthaltsam eingerichtet. Steif und ausgerichtet standen Stühle an den Wänden aufgebaut. Es fehlte jene leise Unregelmäßigkeit, die einen Raum erst wohnlich erscheinen lässt, hier stand alles in rechtem Winkel zueinander …

… Herr Adler leitete sein Wissen von seinem Vorgänger, dem Herrn Breitriese, her, der es seinerseits wieder von dem damaligen Archivar Brackrock habe. –

Sie rutschen mit dem Kastellan von heute, einem kleinen Mann mit wuchtigem Haupthaar und kluger Hornbrille, in wuchtigem Filzschuhwerk durch die einstigen Privatgemächer der Prinzen und deren

Lakaien, bewundern Gemälde von Pesne und Menzel, debattieren über die Mode der Farben und Putten, verharren bewundernd vor Marmorstatuen und bemalten Decken und teilen mit dem wackeren Im-Geiste-Ur-Ur-Ur-Enkel des Kastellans von 1912 die Faszination über eine Welt von gestern.

Und er weiß viel: So war, berichtet der Schlossführer, der damalige Kronprinz Friedrich, Thronfolger und Sohn des Soldatenkönigs Friedrich Wilhelm I., Kommandeur eines Regiments, das nach Ruppin verlegt wurde. Auf einem seiner Ausritte soll er das kleine Schloss am Grienericksee eher zufällig entdeckt haben und baute es später zu seiner Residenz um. Hier traf Friedrich auf Maler, Philosophen, Musiker, Künstler, Schöngeister, Freunde … Ein federleichtes Schloss zu einem federleichten Leben – bis er 1740 König wurde. Es ging ins Berliner Schloss, und nach Sanssouci in Potsdam. Rheinsberg schenkte er seinem Bruder Heinrich. Auch danach, bis 1945, blieb das Schloss im Besitz der Hohenzollern, in der DDR wurde es zu einer Klinik für Diabeteskranke, bis es 1991 in altem Glanz auferstanden ist …

»Sie wissen, dass nicht nur der Name des Alten Fritz mit Rheinsberg verbunden ist?«, fragt der Mann mit der Hornbrille unser Paar.

Sie gucken ihn erwartungsvoll an.

»Auch der Journalist und Schriftsteller Kurt Tucholsky war im August 1911 für ein Wochenende mit seiner Freundin Else Weil nach Rheinsberg gekommen …«

Beide nicken eifrig.

»Deshalb sind wir hier«, sagt Linn, und es klingt ein wenig aufgeregt. »Wir fühlen sein *Bilderbuch für Verliebte* nach.«

»Wohlan«, sagt der Mann ein herrliches altes Wort. »Sie finden ein Museum zu seinen Ehren gleich nebenan.«

Er ist im Begriff sie weiter zu führen, als Linn zu Gilbert und zum Kastellan sagt:

»Die Claire hat in Tucholskys Buch gefragt, ob Friedrich ein Badezimmer hatte. Ob der Friedrich hier wohl auch in Unterwäsche durch das Schloss in Richtung Bad lief, wie du zu Hause?«

Ehe Gilbert zu einer Antwort kommt, sagt ihr Führer:

»Ich fürchte nein. Damals roch jedermann nach Schweiß und anderen Unreinheiten. Das Baden war zu aufwendig … Wer sollte das viele Holz hacken, um das Wasser zu erwärmen? Wer Zuber bauen aus Holz oder Kupfer? Es kostete ein Vermögen. Man parfümierte sich mit Duftwässerchen aus Paris und Puder aus Venedig … Und der Inhalt der Latrinen floss direkt in den See. Insofern würde ich sagen: Der Prinz lief nicht in Unterhosen in Richtung Bad.« Er feixt.

Linn schüttelt sich. Gilbert läuft voraus.

Das Schlafzimmer Friedrichs deutet sich an.

»Hier schlief er!«, ruft er Linn zu.

Das macht sie neugierig. Sie eilt heran.

»Friedrich ließ Schreib-, Schlaf- und Bibliotheksraum miteinander verschmelzen«, weiß der Kastellan. »Es gehörte zu seinem Rollenbild vom König, der gleichzeitig auch Philosoph war.«

Nach beinahe neunzig Minuten sind alle Räume durchschritten. Fasziniert haben der Spiegelsaal und das prächtige Deckengemälde »Der Tag vertreibt die Finsternis«, geschaffen von dem französischen Maler Antoine Pesne.

… Herr Adler, der noch zum Schluss auf eine Miniatur, ein Geschenk der Großfürstin Sofie von Russland, hingewiesen hatte, verfiel plötzlich in abruptes Schweigen. Und erst nachdem das Trinkgeld in seiner Hand klingelte, blickte er zum Fenster hinaus und sagte, ein wenig geistesabwesend: »Dies ist ein ehrwürdiges Schloss. Sie werden die Erinnerung daran Ihr ganzes Leben bewahren. Im Garten ist auch noch die Sonnenuhr sehenswert.«

Das Freie wartet.

Und so, wie einst Claire ihren Wolfgang bei den Worten Adlers heimlich kniff und beide an der »blumenkohlduftenden Kastellanswohnung vorbei« ins Freie schritten, so klapst Gilbert seiner Linn zart auf das Hinterteil und schiebt sie nach Sichtung des letzten Raumes hinaus ins Freie.

Die Sonnenuhr sehen sie nicht.

Kapitel 5

»Gilbert?«

»Ja?«

»Willst du wissen, wer er war, der das hier geschrieben hat?« Sie zeigt auf ihr rotes Büchlein mit der Geschichte der Liebenden von Rheinsberg. Er verzieht sein Gesicht.

»Ich würde viel lieber …«

»Was?«, unterbricht sie streng. »Schon Mittagsschlaf?«

»Nein, einen Kaffee zur Stärkung im *Ratskeller* gegenüber?«

»Später«, sagt sie resolut. »Sein Leben haben sie gleich hier ausgebreitet.« Sie zeigt auf eine schwere Tür. Sie führt wieder ins Schlossgebäude hinein, allerdings in einen Seitenflügel.

Die Frau, die öffnet, zeigt ein breites Lächeln, und ja: sie kenne sich gut aus im Leben des Herrn Tucholsky. Und um die Geschichte von Claire und Wolfgang zu schreiben, musste er hier gewesen sein.

»Er war also tatsächlich hier …«, fragt Linn.

»Er war. Mit einer Freundin, ein gutes Jahr darauf erschien die Geschichte.«

Sie sehen auf Vitrinen, Regale, eine alte Schreibmaschine (»Das war seine ...«), seinen Sekretär (»Hier saß er dran und schrieb ...«) – alle Sätze von ihr klingen ehrfürchtig, respektvoll ...

Über der Erstausgabe von *Rheinsberg – ein Bilderbuch für Verliebte* ein Zitat des selbstbewussten Autors zum fünfzigtausendsten Buchexemplar:

Rheinsberg ist das Buch, nach dem später generationsweise vom Blatt geliebt wurde – dieses Buch ist zeitlos und kann generationenweise gelesen werden und ist übertragbar auf die heutige Zeit, dass jede Generation, gerade die Jungen, das lesen können und dass es immer wieder zutrifft.

»Man will es direkt glauben«, sagt Linn.

»Ich mochte es in jungen Jahren auch. Und ich fand es erst vor kurzem im Regal meiner Frau Mama wieder«, sagt Gilbert.

»Hast du damals auch wen geliebt?«, fragt Linn vor den Ohren der Museumsdame.

Die zupft sich am Ohr.

»Das Mädchen, das mich durch die Mathematikprüfung des Abiturs schleuste«, sagt Gilbert. »Sozusagen als Honorar.«

Man feixt in der kleinen Runde.

»Frau Tucholsky?«, fragt Linn die Museumsdame.

»Wirst du wohl …«, stupst Gilbert sie an.

»Ach, lassen Sie sie nur …«, lächelt die so Angesprochene freundlich.

»Wer war diese Claire in echt? War sie wirklich eine Medizinstudentin und tatsächlich so naseweis, albern und liebestoll?« Linn zeigt große Neugier.

»Setzen wir uns doch«, schlägt die Museumsdame vor. »Es ist eine etwas längere Geschichte.« Die Luft ist stickig. Überall Tucholsky-Erinnerungen. Gilbert wird ganz schwindlig von der Masse an Devotionalien. Er unterdrückt ein Gähnen. Sie benutzen die Stühle, die für eine Lesung des amtierenden Stadtschreibers aufgereiht sind. Ein Literaturstipendiat, der durch seine Schriften bewiesen hatte, im Sinne des Journalisten und Schriftstellers Kurt Tucholsky in Rheinsberg fünf Monate lang kluge Elaborate seines Geistes zu schaffen zu können.

»Ja, sie hieß Else Weil und es gab sie wirklich. Sie war Ärztin und Jüdin. Aber zu unserem Verdruss und zu dem der gesamten Tucholsky-Forschung wusste man lange Jahre nur sehr wenig über das Vorbild für Claire. Auch Bilder von ihr gab es nicht. 1997 fanden wir im Gästebuch unseres Museums einen Eintrag von Gabriele Weil aus London. Die Nichte Else Weils, die vor den Nationalsozialisten nach England geflohen war, hatte damals einen Ausflug nach Rheinsberg unternommen, an den Ort der Liebesromanze ihrer

Tante. Wir nahmen Kontakt mit Gabriele Weil auf, und bald stellte sie dem Museum nicht nur ihre Erinnerungen an die Lieblingstante mit den roten Locken zur Verfügung, sondern auch zahlreiche Dokumente zur Geschichte von deren jüdischer Familie sowie einige Fotos. Claire alias Else war eine selbstbewusste, attraktive, geistreiche und humorvolle Frau mit einer bezaubernden Ausstrahlung.«

Linns Gesicht ist das eines kleinen, staunenden Mädchens mit großen Augen, das plötzlich vor einem Riesen steht. Sie fasst nach Gilberts Hand.

»Kann ich mehr wissen?«, fragt sie.

»Wenn Sie genügend Zeit haben?«, erhält sie eine Gegenfrage als Antwort zurück.

»Gilbert, willst du auch?«

»Was du willst, will ich auch«, sagt er. Und: »Haben Sie einen Kaffee? Die Luft hier macht mich müde …«

Er bekommt ihn. Milch und Zucker. Gilbert sieht jetzt glücklicher aus.

Linn hat ihren Zeichenblock in der Hand. Sie skizziert die Frau und Gilbert vor dem Sekretär und der Schreibmaschine Tucholskys. Die Museumsdame lächelt fein und erzählt …

»Else Weil wurde 1889 als ältestes von drei Kindern einer bürgerlichen jüdischen Familie in Berlin geboren. Als eine der ersten Frauen studierte sie an der Berliner Universität Medizin und schloss ihr Studium im Januar 1918 ab. Seit dem letzten Kriegsjahr arbeitete Weil als Assistenzärztin in der Frauenklinik der Charité. 1920 heiratete sie ihre Jugendliebe Kurt Tucholsky. Allerdings stand die Ehe unter keinem guten Stern. Als sie über die Damen hinwegsteigen musste, um in ihr Bett zu kommen, ließ sie sich scheiden.«

»Ich muss grad' an den Kellner denken«, sagt Gilbert.

Linn grient.

»Dummerchen«, drückt sie seine Hand. »Der junge Pinsel ...«

»Wollen Sie noch mehr hören?«, fragt die Frau, und es klingt beinahe flehend.

»Wir wollen«, sagt Linn.

»Also. Der Kontakt zu Else Weil blieb bestehen, weil Tucholsky nach der Scheidung im Jahr 1924 an seine Exfrau Unterhalt zu zahlen hatte. Übrigens tat er das widerwillig, wie Zeitgenossen berichten ...« Sie lächelte etwas hintergründig. »Von Oktober 1918 an betrieb Else Weil ihre eigene Praxis in Berlin-Charlottenburg. Viel ist über ihr Leben in den folgenden Jahren nicht bekannt ... Erst als die Nationalsozialisten an die Macht gelangten und die Verfolgung der jüdischen Bevölkerung stark zunahm, verdichten sich die biografischen Spuren wieder. Weil es in Deutschland zu gefährlich wurde, den Namen Tucholsky zu tragen, nahm Else Weil Ende März 1933 wieder ihren Mädchennamen an. Im Mai brannten Tucholskys Bücher auf dem Berliner Opernplatz. Im Dezember 1933 verlor seine Exfrau ihre ärztliche Zulassung. Im Oktober 1938 flüchtete sie über Holland nach Paris. Dort traf sie Friedrich Epstein wieder, einen Bekannten aus Berlin, der ebenfalls emigriert war. Gemeinsam verlebten sie – trotz der existentiellen Nöte – einige glückliche Monate im Exil, bis zum Einmarsch der Deutschen. Epstein und Weil wollten sich in Südfrankreich in Sicherheit bringen. Hier geriet Else Weil vermutlich nach einer Razzia im August 1942 in die Fänge der Nationalsozialisten. Ihr Name stand auf der Transportliste Nummer dreißig nach Auschwitz, wo sie am 11. September eintraf. Unmittelbar nach ihrer Ankunft wurde Else Weil vergast.«

Ein Schweigen, so laut wie Orchesterdonner, dröhnt durch den Raum. Auf diese Weise ist es eine Weile still.

»Vergast …«, murmelt Linn leise.

Sie hat feuchte Augen. Ihr Skizzenblock ist zur Seite gerutscht. Gilbert fasst nach ihrer Hand. Sie ringt mit ihren Fingern. Öffnet sie für die seinen.

»Gehen wir«, sagt er leise.

Die Frau vom Museum hat sich bereits von ihrem Stuhl erhoben.

»Ich habe noch zu tun«, sagt sie.

Gilbert und Linn treten vor die Tür.

Aus einem benachbarten Gebäude des Schlosses, in der eine Akademie für junge Sänger und Sängerinnen residiert, hallt der Sopran einer beherzten Sängerin zu ihnen herüber. Es ist Probenzeit für das bevorstehende Sommerspektakel der Kammeroper Schloss Rheinsberg.

Das Paar hat eine Einladung zur Generalprobe von *Tosca* am Abend.

Doch zunächst zurück ins Hotel. Es wird ein später Mittagsschlaf. Auf dem Weg fortwährende Begleitung lauten Gebrumms vernehmlich ... Die Linden blühen. Die Hummeln sind besoffen vor Glück.

Kapitel 6

Wenn es nicht doch zu ernsthaft wäre, so würde man lachen über den Fauxpas. Die Direktion der Kammeroper ließ für das Publikum der Generalprobe einen Zettel mit allen Mitwirkenden der Oper *Tosca* drucken. Hunderte waren gekommen, es lockte der niedrige Preis, der gute Ruf des Ensembles und des Regisseurs ...

Jeder nimmt diesen Zettel und da steht: *Tosca,* Oper von Guiseppe Verdi. Wer in diesem Moment nicht den plötzlichen Drang verspürt, den Zettel zu zerknüllen, sich in den Mund zu stopfen, hinunterzuschlucken und so für immer vor der Kunst zu verbergen, der weiß auch nicht, dass Verdi und Puccini ewige Konkurrenten waren und somit dieser Fauxpas zusätzlich eine zweite Ebene bekommt.

Angesichts dessen, dass Giacomo Puccini die Oper komponierte und nicht Verdi, entgleisen nicht nur die Gesichter unseres Paares.

»Provinzposse«, zischt ein älterer Herr neben ihnen, ein Glas Champagner in der Hand, Frauchen raucht Zigaretten im Kingsize-Format. Sie wedelt sich mit dem Zettel Wärme aus dem Gesicht.

»Passiert«, murmelt Linn. »Freuen wir uns, dass wir gleich große Kunst hören.«

Gilbert dankt ihr im Innern für das entspannte Wort.

Der ältere Herr schnaubt noch in andere Richtungen wie ein altes Ross, dann trottet er mit seiner Herzdame in den Saal.

Rheinsberger, Touristen, Honoratioren des Städtchens – eine friedliche Gesellschaft, die es hinnimmt, dass dem Dirigenten Einsätze und Lautstärken der Instrumente noch missfallen. Unser Paar sitzt in Reihe dreizehn, Stuhl fünf und sechs, vor sich meist graue Köpfe, die Männer gescheitelt, die Frauen toupiert. Abendgarderobe von vornehm bis leger, wobei Gilbert und Linn eher zu Trägern der Letzteren zählen.

Linn hatte zuvor im Hotel bei der Auswahl der Abendkleidung noch ein wenig im Buch gelesen und folgenden Dialog zwischen Claire und Wolfgang entdeckt:

»Wölfchen, zieh ich nu das Grüne oder das Weiße an?«

»Hm, welches möchtest du denn gerne anziehen?«

»Das … das weiß ich nicht. C'est pourquoi ich dich frage.«

»So zieh denn das Weiße an.«

»Schön. Was dieser *Junge mich tyrannisiert, das ist nicht zu sagen. Haach!«*

Pause.

»Wolfgang?«

»Claire?«

»Meinst du würklich, dass ich das Weiße anziehen soll? Seh mal … ich meine, mit den Fleckens un so …«

»Also: das Grüne.«

»Schön.«

Nach einer kleinen Weile:

»Ja, haber – ich möcht doch aber gern …«

»Was möchst du gern?«

»Das Grüne –«

»Aber ich sage dir ja, ziehs an!«

»Ja … aber … wenn dus mir sagst, machts mir gar keinen Spaß. Du musst sagen: Ziehs nich an, musst du sagen, oder: zieh das Weiße an, tja.«

Und bevor er sich noch erholt hatte, fing sie an, ein wundervolles Gezänk von sich zu geben, nach Art gewisser Frauen, die sich beleidigt glauben und aus ihren Gefühlen auch dem Dienstmädchen gegenüber keinen Hehl zu machen pflegen. Das Ganze passte nicht recht her, aber sie war im Zuge, da war nichts zu machen.

»So? – Also in meinem *Hause lasse ich mir das nicht sagen, ich nicht! Sie stauben meine kostbaren Seidenmöbel nicht ab, Sie … Geschöpf! – Aber mein Mann, der Bergassessor …«*

Er floh. Noch auf dem Korridor hörte er sie wie einen Schusterjungen pfeifen.

Er trägt ein blau-weiß gestreiftes Hemd, eine dunkelblaue Jeans. Sie eine knallrote Bluse mit schwarzer Leinenhose. Ihre Auswahl an Kleidung war zügig vorangeschritten und beendet worden.

»Sieh mal«, sagt sie zu Gilbert, »wer dort vorn in der ersten Reihe sitzt.«

Es war der alte Mann, dem sie an ihrem ersten Tag begegnet waren. Er trägt ein weißes Hemd mit steifem Kragen, ein frackähnliches schwarzes Jackett, eine Nickelbrille.

»Gekleidet wie ein Gentleman aus den zwanziger Jahren des vorigen Jahrhunderts«, wispert sie.

Als ob er spüren würde, dass sie ihn entdeckt haben, sieht er aus seiner ersten Reihe zurück auf die hinteren Reihen, winkt ihnen zu, lächelt so schief wie letztens und wendet sich wieder der Bühne zu.

Und wieder spielen sie ihr Spiel …

»Vielleicht ist er ein Engel?«, fragt sie.

»Oder der Teufel in Menschengestalt?«, fragt Gilbert.

»Gesandt, um immer dort zu sein, wo wir gerade sind.« Linn spricht sehr leise. »Vielleicht ist er der, dessen Atome beim Urknall des Universums dazu bestimmt wurden, irgendwann einmal auf unsere Atome zu treffen.«

»Du sprichst von Schicksal?«

»Glaubst du etwa nicht daran? Was wir heute tun, tun wir nicht, weil wir es wollen, sondern weil wir es müssen.«

Ihnen summt ein hoher Ton zwischen die Worte. Die Geigen suchen das eingestrichene C.

»Bevor wir uns fanden, war ich dort, wo du nicht warst«, sagt Gilbert.

»Atome brauchen ihre Zeit. Auch das Schicksal ist ein viel beschäftigtes Medium. Aber es kam ja rechtzeitig ...« Sie drückt zur Antwort seine Hand.

Plötzlich erlischt das Licht. Gemurmel im Saal. Ein Musiker hustet, dann das halbe Publikum. Endlich Stille.

Die Bühne leuchtet auf. Waldiger Hintergrund, aus mehreren Perspektiven gemalt, davor das Orchester und die Sänger. Karge Ausstattung, die Kostüme erinnern an das achtzehnte Jahrhundert, bunt und wallend, geschickt geschneidert, stattliche Männer ... Das Make-up der Tosca strahlt bis in die hinteren Reihen.

Eine kurze Probe des Orchesters – hier ein angespieltes Thema, dort ein paar Harmonien aus dem Zusammenhang genommen – doch dann nimmt die dramatische Dreiecksgeschichte ihren Lauf.

Tosca, eine eifersüchtig liebende Sängerin, ihr Geliebter Cavaradossi, der für den Freiheitskampf bereit ist zu sterben, und der Polizeipräsident von Rom namens Scarpia, der für ein sexuelles Abenteuer mit Tosca skrupellos erpresst und hintergeht: Um ihren standhaften Geliebten vor Folter und Tod zu retten, willigt Tosca ein, sich Scarpia sexuell hinzugeben. Zwar kann sie sich vor dem Lüsternen retten, indem sie ihn ersticht, aber die Hintertriebenheit des Polizeipräsidenten lässt auch nach seinem Tod noch das ersehnte Glück der Liebenden in einer Katastrophe enden: Der Geliebte stirbt, Tosca stürzt sich mit dem dramatischen Ausruf »O Scarpia, avanti a Dio!« – »O Scarpia, nun auf zu Gott!« – von der Engelsburg.

Zweieinhalb Stunden sind vergangen.

»Tosca hatte eine Stimme wie eine Sirene«, sagt Linn auf dem Heimweg ins Hotel.

»Cavaradossi war ein guter Tenor«, befindet Gilbert.

»Schlimm, wenn so eine Oper auf Italienisch ist«, sagt Linn. »Ich habe nur drei Worte verstanden.«

»Das sind drei mehr als ich.«

»Wohin Eifersucht führen kann«, sagt Linn. »In Mord und Totschlag. Ich wäre nicht eifersüchtig, wenn du …«

»Was?«, schnarrt er sie an.

»Dich noch mal ausprobieren würdest. Ich will's nur nicht wissen.«

Sie spazieren, die Arme ineinander verhakt, durch die Nacht.

»Ich habe mich genug ausprobiert«, sagt er.

»Wer's glaubt«, reizt sie ihn.

Er brummt irgendwas.

»Wie bitte?«, fragt sie.

»Wie kommst du nur darauf, dass ich mich noch ausprobieren müsste?«

»Jeder Mann will was Junges. Was ohne Falten, etwas Duftendes, Reines, ein junges Pfläumchen, wenig berührt, aromatisch frisch ...«

»Hm«, sagt er, und gleich danach: »Und selbst? Was ist mit deinen Fantasien? Ein junger, kräftiger Mann, sehnige Arme, muskulöse Beine, kaum Haare, starkes Ding da unten ...«

Sie: »Ach, na ja.«

Er: »Der Kellner?«

Sie: »Und wenn? Würdest du mich verlassen?«

Er: »Er würde dich verlassen. Nach ein paar Nächten gewaltiger Eruptionen.«

Schweigen. War ihnen das Thema zu gewaltig?

Sie: »Nimm die Poesie aus den Jahrhunderten. Da werden keine alten Weiber besungen. Nur Jungfrauen, kesse Mädchen, rosige Haut, Unschuld, jugendliche Neugier ...«

Er: »Aber auch keine alten Herrn, keine schrumpligen Falten, schlaffen Glieder, blanken Glatzen, Langeweile ...«

Sie: »Zu was zählen wir da eigentlich?«

Er: »Wir sind unsere eigene Poesie. Du und ich, unsere Liebe, unsere Gespräche, unsere Haut, unsere Erfahrungen ...«

Sie: »Hm.«

Selbst im Dunkel ist zu sehen, wie tief die Wolken hängen. Es beginnt zu tropfen.

»Du wolltest mir *etwas* sagen ...«, versucht er sein Glück.

»Ja, wir sehen mal morgen. Ich brauche noch etwas Zeit …«

»So schlimm?«, fragt er.

»Wie man es nimmt«, sagt sie sybillinisch.

»Also nicht im Bett poetisch werden?«

»Lass das«, sagt sie, und es klingt trotzig.

Er löst seine Hand aus der ihren. Sie sieht nicht die Enttäuschung auf seinem Gesicht. Schweigend betreten sie ihr Hotel. Die Nacht bleibt ohne Ereignisse.

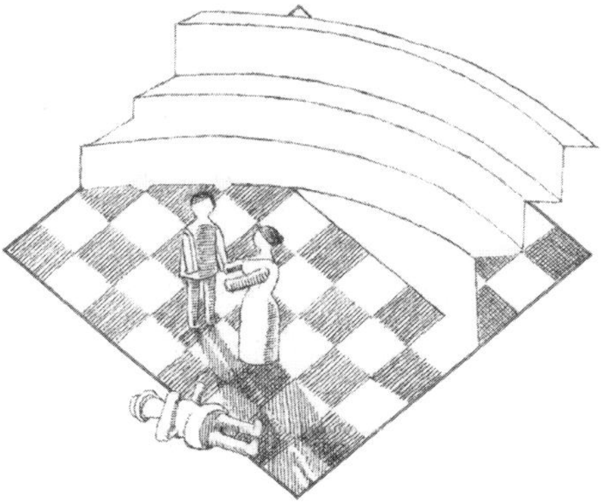

Tag drei, Sonntag

Aufbruch und Begehr

Kapitel 1

Ihre Seite vom Bett ist leer, als er erwacht. Plötzliches Verlustgefühl. Dumpfer Druck im Bauch. Ist sie im Bad? Er ruft nach ihr.

Keine Antwort.

Er schlüpft in seine Kleidung, hetzt aus dem Zimmer, steht wie ein Suchender vor dem Hotel – und da sitzt sie auf einer Bank in der Sonne und zeichnet …

Er beobachtet sie aus der Nähe. Sie bemerkt ihn vorerst nicht – oder will sie ihn nicht bemerken? Er steht so eine Weile. Er versendet eine Frage.

»So früh wach?«

Seine Worte verweilen einen Moment lang in der regenfrischen klaren Luft, so, als suchten sie noch ihren Adressaten … Doch da ist niemand, außer Linn … Sie lässt sich Zeit. Warum?

Irgendwann blickt sie zu ihm hin und sagt:

»Du hast so friedlich gelegen. Mich hat der Morgen gereizt.«

In der Tat: Vom plötzlichen Regen und der Kühle des vorangegangenen Abends keine Spur mehr. Die Sonne wärmt, als gäbe es kein Morgen …

Ihre Zeichnung leuchtet in seine Augen. Ein nacktes Weib breitet ihre Arme aus, als umarme sie die Welt, umschwirrt von den Elementen Feuer, Wasser, Erde, Luft … Ein Kreis als Bauch mit dem Wort »Liebe« …

Sie bemerkt seine Neugier und verdeckt den Karton.

»Frühstücken?«, fragt sie.

»In einem Café?«, fragte er zurück. »Ich will nicht im Hotel …«

Gilbert umfasst ihre Schultern. Sie schüttelt ihn ab.

Knurrt leise: »Meinetwegen.«

Das *Café Claire* am Rand des Kirchenplatzes.

»Sieh mal auf die Torten«, sagt Gilbert. »Monumente in leuchtenden Farben, gegossen aus Teig, Zuckerwerk, Puder, Nüssen, Schokolade.«

»Sie hätte damals sicher Bauchschmerzen bekommen«, lästert Linn. »Und geöffnet ist es auch nur bis sechs Uhr abends. Da hatte die Claire gerade erst ihre Betriebstemperatur erreicht und war mit Wölfchen um die Häuser des Städtchens gezogen.«

Der Kaffee kommt. Dazu ein paar Croissants mit Butter und Konfitüre.

»Zu Claire hätte eher eine Bar mit einer kleinen Tanzfläche und einem öffentlichen Schminktisch gepasst. Dazu ein paar freche Bonmots von Tucholsky.«

Linn kichert.

»Und zu Wölfchen?«, fragt sie.

Gilbert sinniert vor sich hin. Linn holt ihren Zeichenblock hervor. Ihr Kohlestift ist bedenklich kurz. Sie gibt dem Feuerelement noch mehr Gefährlichkeit.

»Eine besondere Art von Kneipe«, sagt Gilbert schließlich. »Ein Raum mit vielen Büchern, fleckigen Holztischen, mit Bildern von saufenden Schriftstellern und dem Rheinsberg um 1900 an der Wand und einem Tisch, in den auf einem Messingschildchen eingraviert ist: ›Wölfchens Tisch‹.«

»Ah«, sagt sie. »Also eine Kneipe, in die *wir* beide sicher auch gegangen wären. Aufbruch?«, fragt sie. »Eine Runde durchs Städtchen und dann aufs Wasser?«

Beide stehen an der Schlossstraße und vermessen ihren Weg mit den Augen. Ein Lastwagen mit Holzstämmen donnert an ihnen vorbei. Touristen wühlen in den Auslagen von Souvenirläden. Sie spazieren los, Hand in Hand. Die Linden haben Tonnen an Nektar. Satte Hummeln brummen noch immer vor Glück.

»Es gibt eine Berliner Straße«, bemerkt sie dann.

Eine Ampel verhindert ihre Überquerung. Beider Blick fällt auf eine lichtweiße Tafel, die an einem Eckhaus angeschraubt ist.

Für Mut und Zivilcourage.
Dr. Joachim Weidauer, 1912–1991
Rheinsberger Arzt und Humanist
Gelitten unter Nazi-Herrschaft und SED-Regime

»Was für ein Schicksal sich wohl dahinter verbirgt?«, fragt sie leise.

Gilbert fixiert die Tafel erneut.

»Hier steht, dass der Stadtschreiber und der Bürgermeister die Erinnerungstafel gestiftet haben.«

»Verschieben wir also unsere Bootsfahrt auf später?«, fragt sie.

»Auf zum Stadtschreiber«, sagt er.

Sie bemerken zunächst den alten Mann nicht, der auf der gegenüberliegenden Straßenseite steht, sich eine Zeitung vor das Gesicht hält und so tut, als würde er darin lesen. Doch er sieht durch die Zeitung hindurch als existiere sie gar nicht.

»Er wohnt im Schloss«, ruft er zu ihnen herüber. Gilbert und Linn sind kurz perplex.

»Haben wir wirklich so laut geredet, dass er uns gehört hat?«, fragt Gilbert. Der alte Herr erscheint ihm mit jeder Begegnung merkwürdiger. Linn zuckt mit den Achseln. Sie stupst Gilbert an.

Beide winken ihm zu. Er hebt träge seinen Stock.

»Er ist, wo wir auch sind«, murmelt Linn.

»Das Schicksal kann gruselig sein«, nuschelt Gilbert zurück.

Das Paar dreht in Richtung Schloss ab.

Der Alte klopft kräftig mit seinem Stock an den Stamm einer alten Linde. Erschreckt flattern Krähen aus der Krone auf.

»Verfolgt sie«, krächzt der Alte hinterher. »Und erstattet mir Bericht!« Sein heiseres Gelächter geht im Lärm des Schwarms unter.

Kapitel 2

Einst war es Theodor Fontane gewesen, der in seinen *Wanderungen durch die Mark Brandenburg* die preußische Residenzstadt für die Literatur erschloss. Aber erst mit dem Büchlein Tucholskys über das Liebeswochenende von Wolfgang und Claire drang das Städtchen in das Bewusstsein einer breiteren Leserschaft und erlangte literarisch Popularität. Seit 1995 sind es nun die Stadtschreiber, die mit ihren Reden, Texten, Dramen und Provokationen Rheinsberg in der Welt des Schöngeistigen immer wieder neu verorten sollen.

Gilbert drückt auf den alten Klingelknopf aus Messing an einer graugestrichenen Tür.

»Wer stört?«, schnarrt eine knurrige Stimme aus dem winzigen Lautsprecher neben der Tür.

»Zwei Menschen aus Berlin«, antwortet Gilbert. »Was wissen Sie über Joachim Weidauer?«

Stille. Dann:

»Eine Menge.«

»Gut. Schenken Sie uns Ihr Wissen?« Gilberts Tonlage ist eine Mischung aus bittend und fordernd.

»In Ordnung, kommen Sie in die erste Etage. Ich habe aber nicht viel Zeit.«

Es summt. Die Tür lässt sich nur mit Kraft öffnen und quietscht in den Angeln, als sei es ihr letzter Tag.

Eine Etage nach oben. Es riecht nach altem Staub. Sie hören ein Rumoren. Sie klopfen.

Vor ihnen ein nicht mehr ganz junger Mann vom Typ Haudegen, unrasiert, mit wildem, hellen Haar und kräftigen Oberarmen. Wache Augen. Er ist barfuß, trägt ausgeblichene, enganliegende Jeans, ein weit geöffnetes, eierschalenfarbenes Bauernhemd.

»Erlauben Sie mir, überrascht zu sein«, sagt der Mann zur Begrüßung. »Es passiert so gut wie nie, dass sich hier jemand blicken lässt. Schon gar nicht, um etwas über Weidauer zu erfahren.«

Es geht in die Küche. In ihrer Mitte ein Prachtexemplar von einem Tisch aus altem Holz. Die Dielen knarzen, die Fenster hängen in leicht abgenutzten Rahmen.

»Kaffee?« Er bedeutet ihnen, Platz zu nehmen.

Das Paar nickt unisono und setzt sich.

»Eine vornehme Wohnung«, bemerkt Linn.

»Mit dem Eine-Million-Euro-Blick auf alte Bäume, Teiche und die Tierwelt des Parks. Sie ist beinahe hundert Quadratmeter groß. Genug Platz, um Gedanken Quadratmeter für Quadratmeter zu verteilen. Und hören Sie mal ...«

Der Stadtschreiber öffnet vorsichtig einen Fensterflügel. Geräusche des nahen Sees, seines Ufers und der an seinen Rändern nistenden Vögeln dringen herein.

»Immer Sinfonien in Dur«, sagt der Schreiber.

»Nie einsam?«, fragt Gilbert.

»Nun ja, es ist der Seitenflügel des Schlosses. Außer ein paar Gespenstern, die hier wohnen, ist nachts nicht viel los. Aber einsam würde ich nicht sagen.«

»Gespenster?«, fragt Linn und macht große Augen. »Was meinen Sie damit?«

»Aber junge Frau«, sagt der etwa gleichaltrig wirkende Stadtschreiber, und es klingt beinahe echauffiert, »kennen Sie das etwa nicht? Etwas zu sehen, was andere nicht sehen? Das ist verführerisch, exklusiv, erregt die Fantasie …« Er blickt ihr direkt in die Augen. »Ich stelle mir vor, dass unser physisches Dasein von Seelenwanderern, Geistern und Kobolden begleitet wird, die mit dafür verantwortlich sind, warum wir etwas tun und wie wir es tun.« Gilbert sieht auf ihn, als sei der Mann selbst ein Gespenst und demzufolge auch gestört wie ein Geist.

»Und was sehen Sie genau?«, fragt Linn. Es klingt wie echtes Interesse.

Statt einer Antwort kommt der Kaffee. Aus einem beeindruckenden Espressokocher, wie ihn die Neapolitaner benutzen. Die schwarze Brühe ist siedend heiß. Er serviert Milch, Zucker.

Man sitzt sich gegenüber. Jeder rührt sich den Kaffee kühler. Leises Klirren.

»Also?«, fragt Linn erneut. »Was sehen Sie denn für Kobolde und Gespenster?«

Gilbert sieht zu Boden und entdeckt einen stattlichen, bereits getrockneten Rotweinfleck. Gilbert starrt auf den Mann. Der Schreiber guckt aus dem Fenster zum Park.

Er nimmt sich für seine Antwort Zeit. Dann sagt er:

»Nichtphysische Wesen kann man ja nicht sehen, aber erspüren. Nehmen Sie den Bundestag, zum Beispiel. Jemand hält eine Rede, die Parlamentarier hören ihm zu. Auf ihren Jacketts und Hosenbeinen, auf den Händen und Köpfen gestikulieren unsichtbar die Kampfgeister, Kriegs- und Heldengeister, Geld- und Machtgeister, Kobolde der Unterdrückung und des Streits. Und wissen Sie, welcher von diesen Kobolden am grässlichsten ist?«

Gilbert und Linn starren ihr Gegenüber an. In ihren Augen flackern noch immer Zweifel über den Gemütszustand des Mannes.

»Sagen Sie es uns«, brummt Gilbert. Er schurrt dabei mit den Schuhen auf der Dielung.

»Der Kleingeist. Seine Behausung ist grau, aus den Spalten leuchtet ein grellgrünes Licht und dort, wo man ihn für immer hin entsorgen könnte, hängt ein kleines Schloss mit einer bezwingend einfachen, aber dennoch offenbar für viele unlösbaren Gleichung mit Variablen: $a+b=c$.«

Die Besucher sitzen da mit offenen Mündern. Der Stadtschreiber grinst.

»Was sehen Sie«, wendet er sich an Linn, »wenn Sie durch einen Strom von Menschen gehen? Sagen wir, auf einer belebten Einkaufsstraße.«

Linn lässt sich darauf ein, überlegt. Gilbert fasst unter dem Tisch nach ihrer rechten Hand. Sie ist feucht.

»Geizgeister«, sagt sie schließlich. »Neid- und Hämegeister. Aber auch die Energien des Maßes, die sanften Geister der Klugheit und des Wissens.«

»Nicht schlecht«, lobt der Stadtschreiber. »Sie haben verstanden, was ich damit meine, etwas sehen zu können, was andere vielleicht nicht sehen wollen.« Er sieht auf Gilberts Partnerin mit viel Sympathie.

Gilbert ist etwas unwohl. Flirtet der Mann etwa mit seiner Frau?

»Weidauer«, sagt er etwas knurrig. »Das war der Grund, warum wir Ihre Zeit stehlen. Wie kamen Sie auf ihn?«

Der Stadtschreiber wechselt von ihr zu ihm. Lehnt sich in seinem Holzstuhl zurück. Streicht sich Haare aus der Stirn, schabt mit einem Fingernagel über seinen Dreitagebart.

»Das wird aber eine längere Geschichte«, sagt er. Sein offenes Hemd gibt Teile seiner Brust frei. Sie erscheint trainiert.

»Wir haben Zeit«, antwortet Linn. Sie rückt sich neu zurecht und heftet ihre Augen auf ihr Gegenüber.

Gilbert schnappt sich wieder ihre rechte Hand. Sie lässt es zu.

»Doktor Weidauer leitete die staatliche Arztpraxis in Rheinsberg. Er arbeitete als Psychotherapeut und Geburtshelfer. Er liebte klassische Musik, die Literatur Goethes und Thomas Manns und besaß eine Bibliothek mit mehr als sechstausend Büchern. Weidauer hatte einen jüdischen Vater. Das sollte ihm im Dritten Reich zum Verhängnis werden.« Der Stadtschreiber erhebt sich und stellt sich ans Fenster. Er blickt hinaus, die Augen wie vor Wut verengt. Nach einem kurzen Moment des Innehaltens wendet er sich wieder seinem Besuch zu.

»Weidauer studiert mit zwanzig Jahren Medizin in Wien. Als bekannt wird, dass er ein gebürtiger Halbjude ist, beschimpft ihn ein Mitstudent – der ein Anhänger der NSDAP ist – als ›Schweinehund‹. Weidauer schlägt ihm dafür ins Gesicht und sagt: ›Du bist ein dummer und intoleranter Typ.‹ Er wird verhaftet und nach Sachsenhausen bei Oranienburg, später nach Buchenwald, dann in einen Steinbruch bei Aschersleben deportiert. ›Ich bin nur deshalb lebend entkommen‹, wird er später seinen Kindern erzählen, ›weil ich den Nazis meinen Tod nicht gönnte und einen unbedingten Überlebenswillen habe.‹« Der Stadtschreiber kehrt an den Tisch zurück, setzt sich. Trinkt einen Schluck.

Gilbert und Linn verfolgen jede seiner Bewegungen.

»Nach der Befreiung Hitlerdeutschlands eröffnet er im anhaltinischen Seyda eine Arztpraxis. Eine ländliche Gegend mit vielen Bauern. Dr. Weidauer leistet Geburtshilfe, bekämpft ausbrechende Seuchen und arbeitet psychotherapeutisch – so gut es eben geht. Viele Bauern werden in dieser Zeit zwangskollektiviert, die Wut der Bauern ist groß. Auf einer Versammlung der Bauernschaft verteidigt Weidauer einen alten Mann, der seine Schwester in Bochum besuchen will, aber keine Ausreisegenehmigung erhält. An die Funktionäre gewandt, sagt Weidauer: ›Man will nicht, dass du siehst, wie gut es sich im Westen lebt, wie viel Freiheit es gibt.‹ Er gerät in das Visier der Stasi. Am 5. Oktober 1960 stoppt die Volkspolizei ihn und seine Frau auf einem Waldweg, er wird aus seinem Auto heraus verhaftet. ›Behinderung des sozialistischen Aufbaus‹ wirft ihm die Richterin vor und verurteilt ihn zu sieben Jahren und fünf Monaten, die er im berüchtigten Gefängnis Bautzen absitzt. Auch Weidauers Frau kommt für zweieinhalb Jahre wegen Mitwisserschaft in Haft. Weidauer wird 1966 entlassen, seine Frau stirbt kurz danach an den Folgen einer im Zuchthaus unbehandelten Multiplen Sklerose.« Der Stadtschreiber schweigt wieder.

Das Paar sieht sich bedeutsam an, dann fragt Linn: »Und wie kam es zu der Gedenktafel? War das Ihre Idee?«

»Das passierte in der guten Tradition zum Leben

Tucholskys. Sie wissen, er war ein aufrechter und kluger Mann, der die Barbarei der Nazis nicht nur vorausahnte, sondern dessen Bücher von den Nationalsozialisten verbrannt wurden. Und Weidauers Mut, sein Durchhaltevermögen, seine Kraft und Klugheit haben ein Andenken verdient. Wir haben es an jenem Haus angebracht, wo er seine Praxis hatte.«

»So wie alle Menschen mit Zivilcourage ein Andenken verdient haben«, sagt Linn. Sie blickt auf ihren Mann neben sich. Sie sieht Düsternis auf seinem Gesicht.

Das entgeht dem Stadtschreiber nicht.

»Was planen Sie heute noch Schönes?«, fragt er, lächelt breit und greift nach einem Beutelchen mit Virginia-Tabak. Er dreht behutsam eine Zigarette, schiebt sie sich in den rechten Mundwinkel und sieht jetzt aus wie der Beau aus einem französischen Film noir. Er entzündet sie, inhaliert tief und sieht genießerisch dem blauen Rauch hinterher. Ein Duft aus Vanille, Apfel und verbranntem Papier wabert durch die Küche.

»Waren Sie schon auf dem See?«, fragt er unvermittelt. »Es lohnt sich …«

Gilbert fragt Linn:

»Tretboot? Ruderboot? Motorboot?«

»Ich will Langsamkeit«, sagt sie. »In Berlin wird es wieder schnell, hektisch, betriebsam.«

»Gute Entscheidung«, sagt der Stadtschreiber. »Ich geleite Sie zur Tür, meine Dame.«

Sie dankt artig mit ihren Augen für diese Galanterie. Gilbert knurrt etwas Unverständliches.

Linn und Gilbert sind wieder allein auf dem Hof.

»Ein sonderbarer Kauz, der Schreiber«, sagt Gilbert. »Wie er dich angesehen hat. Und seine Hose erst …«

»Was war mit der Hose?«, fragt Linn erstaunt.

»Zu eng.«

»Worauf du siehst …?, fragt sie zurück. »Mich beschäftigt eher, woher der alte Mann von ihm wusste.«

»Vielleicht ist der Schreiber stadtbekannt?«, antwortet Gilbert.

»Oder *Tucholsky* ist überall«, sagt sie in verschwörerischem Ton.

»Du meinst, sein Geist hat hier Frieden gefunden?« Gilbert stupst sie in die Seite.

Sie spazieren hinunter zum See.

»Seine Hülle ist in Göteborg gestorben, dann hat sich sein Geist hierher aufgemacht, weil Kurt hier glückliche Tage mit Else erlebte. Dann schlüpfte er in den Körper eines jungen Mannes, der heute alt und grau ist.«

»Und wenn der Alte stirbt?«, fragt Gilbert. »Was wird dann aus Tucholskys Geist?«

»Dann sucht er sich einen neuen Wirt.«

»Den jungen Kellner vielleicht?«, sagt er ironisch.

»Warum nicht? Dann wird aus dem Kleinen vielleicht mal ein ganz Großer.«

Kapitel 3

Der Bootsvermieter ist ein Mann mit Prinzipien.

»Acht Euro für eine Stunde. Kommen Sie hier nicht rechtzeitig an, zahlen Sie mehr. Denken Sie an den Wind, die Wellen, die Strömung. Kann Sie alles aufhalten.«

Linn hat den Skizzenblock dabei, die Kohlestifte und Haarlack. Sie will heute fixieren, was sie zeichnet, bevor der See ins Boot und auf ihre Blätter spritzt und ihre Kunst zerläuft wie Schokolade in der Sonne.

Gilbert balanciert vom Steg aus auf das Tretboot, reicht Linn galant die Hand, die anfängt ängstlich zu fiepen, als der Zweisitzer unter ihnen schwankt wie besoffen. Als sie endlich sitzen, mault sie:

»Uuuh, so viel Abstand zwischen uns.«

Sie hockt auf einem Schalensitz links, dazwischen das Schaufelrad, das Lenkgestänge, rechts er. Vor ihnen die Pedale. Hinter ihnen eine Liegefläche aus weißem Kunststoff. Sie gleiten auf den See hinaus. Reger Verkehr, auf dem gesamten See Motorengebrumm. Seltsame Schiffchen kreuzen ihre Route. Fahrende

Häuschen auf Katamaran-Konstruktionen, Boote mit zerschlissenen Holzkajüten, schippernde Särge aus rohem Blech …

Kühle Brisen streichen über das Wasser, die Sonne müht sich, heiß zu brennen, aber mal wieder ziehen dunkle Wolken am Horizont auf. Linn taucht die Hände ins Wasser.

»Warm verstrudelt.«

Gilbert lässt das Treten sein … Ihr Boot schaukelt friedlich in den Wellen, es dringt Geplärr an ihr Ohr.

Auf einem der schwimmenden Bungalows eine Familie mit lärmendem Nachwuchs, diversen Proviantkörben, einem Zigarre rauchenden Familienvater und einer Mutter im rosafarbenen Badeanzug.

»Gib mir den Ball!«, zetert ein Kind.

»Hol ihn dir doch!«, zetert ein anderes zurück.

»Mama, sie gibt ihn mir nicht …«

»Streitet nicht! Euer Vater braucht Ruhe.«

Zigarrenqualm weht über das Tretboot des Paares. Der Schwimmbungalow passiert sie in nur wenigen Metern Entfernung. Haubentaucher fliehen vor dem Ungetüm. Der Vater liegt flach und etwas verkrümmt auf dem Dach des Hausbootes.

»Wie ein totes Tier«, sagt Gilbert. Er steuert das Tretboot aus dem Zigarrenrauch und in ruhigere Gewässer.

Das Schloss leuchtet weit über den See. Hier und da lugen Dächer der Häuser durch den dichten Baumbewuchs des Ufers. Friedlich schaukeln Boote in der kleinen Marina, ein Ausflugsschiff legt ab.

»Du warst für einen Moment der Zeit auch Vater«, sagt Linn unvermittelt.

Gilbert blickt verwirrt.

»Wie meinst du das?« Er hat plötzlich ein ungutes Gefühl.

»Ich war schwanger von dir. Ich habe es dir nicht gesagt. Ich wollte die kritische Zeit erst einmal abwarten …«

Gilbert wird blass. Einen Moment Pause. Stille.

»Wann war das?«, fragt er leise.

»Im April.« Sie sieht auf den See, taucht die linke Hand in das Wasser. Nasse, grüne Schlieren ziehen darüber hinweg, ein Schilfrest.

»Was ist passiert?«, fragt er, immer noch leise.

»Verloren. Es wollte wohl nicht bei uns bleiben. Vielleicht war es krank. Vielleicht waren wir noch nicht reif dafür … Ich weiß es nicht.« Sie sieht auf einmal sehr müde aus.

»Mein Gott …«, stammelt er, ist unfähig, sich zu bewegen. Er starrt aufs Wasser.

Sie sitzen beieinander und dennoch weit voneinander entfernt. Zwischen ihnen scheint sich ein Berg aus Kunststoff zu erheben.

Linn zieht ihre Hand aus dem Wasser. Legt sie neben sich ab. Er fasst nach ihrer Rechten. Hält sie fest. Lange. Schweigend.

Fischreiher lärmen über sie hinweg. Aus der Ferne das Johlen von tobenden Kindern. Das Tretboot treibt im Wind leicht dahin. Eine Libelle umsurrt das Boot und brummt wieder davon. Am Horizont treiben die finsteren Wolken mit dem Westwind immer dichter auf den See zu.

»Ich liebe dich«, flüstert Gilbert.

Sie sieht ihn an. Ihre Augen glänzen feucht wie nasse Steine.

»Ich liebe dich«, wiederholt er. Er ringt um Worte. »Es tut mir so leid. Um dich, um uns, um das Kind. Verzeih mir, dass du allein damit warst. Ich habe in den letzten Wochen zwar gespürt, dass du nicht so warst wie sonst. Aber ich konnte nicht ahnen, dass ...«

Hier unterbrach sie ihn.

»Verstehst du jetzt, warum ich dir nicht so nahe sein kann, wie es früher war? Es geht mir nicht gut.«

Gilbert sucht ihre Nähe. Er drückt sich aus dem engen Sitz des Tretbootes und balanciert vorsichtig über den Buckel, den das Schaufelrad zwischen ihnen schafft. Auf Knien robbt er zu ihr hinüber. Das Boot schwankt gefährlich. Er umfasst sie mit beiden Armen und drückt sie eng an sich. So verharren sie eine lange Weile. Ein menschliches Stillleben in einem Moment scheinbar größter Friedlichkeit.

»Hättest du denn gern ein Kind gewollt?«, fragt er.

»Nein und ja. Es war ja ungeplant, aber als ich dann die Nachricht bekam, habe ich zwar kurz geschwankt, war aber dann davon überzeugt, es mit dir zu haben. Ich wollte es wirklich, verstehst du?«

Sie machte ein Geräusch, dass an ein Schluchzen erinnerte.

Statt einer Antwort, drückt er sie noch fester an sich.

»Ich liebe dich«, flüstert er erneut und liebkost dabei ihren Hals.

»Und du? Hättest du unser Kind gewollt?«, fragt sie leise.

Gilbert durchfährt sofort ein wohliger Schauer.

»Ja. Ich will ein Kind von dir, mit dir, durch dich. Wir lieben uns. Was könnte es Schöneres geben als ein Kind, das durch Liebe geboren wird?«

Er streichelt ihr den Nacken, drückt sie dann sanft von sich, greift sachte nach ihrem Kinn und dreht ihren Kopf zu sich herum. Er sieht in blanke leuchtende Augen. Doch sie sieht knapp an ihm vorbei.

»Hey, schau mir in die Augen, Kleines«, sagt er scherzhaft, aber auch mit Nachdruck.

Sie blickt ihn an, direkt, ohne jede Regung ihres Gesichts.

»Wirklich?«, fragt sie. In ihrem Gesicht passiert etwas. Ein Schimmer von Hoffnung und Zuversicht.

Ein Stockentenpärchen taucht auf. Er schillernd bunt, sie edel braungefiedert. Der Erpel jagt sein Entlein, sie quakt empört, er lässt von ihr ab, sie lockt ihn wieder nah heran; sie spielen das Spiel der Liebe.

»Ja«, sagt Gilbert. »Und wegen mir, fangen wir heute Abend gleich damit an.« Er grinst schelmisch, sie blickt kurz distanziert, aber dann zutraulich.

»Wir schaffen das«, sagt er. »Wir kriegen das hin, mein Pflänzchen. Wir zwei beide.«

»Uh, das hast du aber lange nicht mehr zu mir gesagt.« Ihre Stimme hat einen hellen Klang.

»Ich muss gerade an Venedig denken«, sagt sie.

Er sagt nichts. Er hatte seine Erinnerung bereits zwei Abende zuvor.

»Woran denkst du denn?«, fragt er dann.

»Da hast du mich zum ersten Mal Pflänzchen genannt. Es war eine der schönsten Reisen meines Lebens. Ich war produktiv, habe viel gemalt. Und in den Nächten haben wir uns geliebt. So, als gäbe es kein Morgen.«

»Und jetzt sind wir in Rheinsberg«, sagt er. »Und können neu beginnen.«

Ihre Lippen suchen die seinen, endlich wieder, nach ewigen Zeiten. Es wird ein langer leidenschaftlicher Kuss.

Gilbert spürt, dass Linn für Nähe wieder bereit ist. Er auch, er kann es gar nicht verbergen. Er nimmt ihre rechte Hand und zeigt es ihr.

»Uh«, brummt sie sanft. »Der hohe Herr will sein Pflänzchen begießen. Ich glaube, ich gehe erst einmal schwimmen.«

»Und ich?«, fragt er.

»Du holst mich am Ufer ab.«

Sie wirft ihm eine Kusshand zu, bevor sie im Wasser abtaucht. Kein Badeanzug, nur ein knappes Höschen.

Gilbert ist allein. An die fünfzig Meter bis zum Ufer. Er tritt nur gemächlich in die Pedale. Genießt es, in der Sonne zu schaukeln, leise schnarrt ein Reiher aus dem nahen Schilf. Er greift nach dem Buch. Blättert. Liest.

Leuchtender, leuchtender Tag! – Da-sein, voraussetzungsloses Da-sein und immerfort wissen, dass eine ist, die gleich fühlt, gleich denkt … (Denkt, fühlt sie wirklich? Aber ist das nicht einerlei, wenn wir nur glauben?)

Fühlt sie gleich, denkt sie gleich?, fragt sich Gilbert. Oder sind meine Gefühle zu ihr oder die ihren zu mir nur Projektionen vor meinem geistigen Auge? Hologramme? 3-D-Darstellungen zweier lebendiger Körper? Er glaubt an *sie*, und er glaubt an *ihr* Fühlen in der Zweisamkeit. Das hat sie gerade bewiesen. Wie war es denn, bevor sie sich begegneten? Liefen sie nicht nebeneinander her, ohne dass ihre Wege sich kreuzten? Natürlich. Dann kam der Seitenblick in einem Café am Hackeschen Markt. Ihre Gespräche, ihre Zuneigung, dann Venedig.

Tröstlich, dass da in Person der Linn jemand war,

der so wie er dachte, fühlte, liebte. Und nun haben sie sich. Die Künstlerin und der Manager. Unterschiedlicher kann man kaum sein in den beruflichen Mühen, doch man ist trotzdem eins. In guten, wie auch in schlechten Zeiten.

Und er, Tucholsky? Hatte er damals Zweifel? Betrachtete er seine Freundin Else Weil auch mit Abstand, war sich aber dennoch seiner Liebe sicher? Ist womöglich ein gesunder Abstand der Liebe förderlicher als die ewige Sucht nach Leidenschaft?

Leise treibt das Boot auf dem flachen Wasser. Der Wind und die Strömung bewegen es fort. Schon winkt Linn vom Ufer zu ihm herüber. Gilbert tritt jetzt kräftig in die Pedale. Das Boot nimmt Fahrt auf. Ihr unbeholfen wirkendes Winken, das nahende Ufer und seine Sehnsucht, das nasse Geschöpf im knappen Höschen schnell wieder an Bord zu nehmen, vertreiben ihm die Gedanken.

Das Boot stupst ans Ufer. Er wirft ihr die Leine zu. Sie schlingt einen wilden Knoten an einer wilden Wurzel.

»Na, ob das hält?«, fragt er warnend.

Sie rüttelt an dem Erdgeäst.

»Hält.«

Er balanciert vorsichtig aus dem Boot. Es neigt sich stark zur Seite.

»Hui«, fiepst sie, »gleich plumpst du ins Wasser.«

Wie sie da steht in ihrer Unterwäsche, ihre Haut

blinkt durch den zarten Stoff, er spürt ein Ziehen in den Lenden. Sie streckt ihm ihre Hände entgegen. Er fällt ihr in die Arme, drückt sich an sie, tastet ihren nassen Körper ab.

»Ich friere«, sagt sie.

Tief über dem Ufer hängende Äste verhindern eine klare Sicht auf die beiden.

Er zieht sein Hemd aus und streift es ihr über die nackte Haut. Sie drückt sich eng an ihn. Er wärmt sie.

»Wie weich du bist«, raunt er ihr ins Ohr und knabbert dann leicht an ihr.

Sie lässt es geschehen. Ein Zittern geht durch ihren Körper. Er spürt es.

»Was machen wir jetzt?«, fragt er. »Es sind dunkle Wolken aufgezogen.«

Sie blickt in den Himmel.

»Aber es ist doch erst Nachmittag«, sagt sie.

»Ja, alles hat seine Zeit, könnte unsere jetzt nicht gekommen sein? Du frierst, ich möchte dich wärmen. Wir haben ein schönes Zimmer und ein wunderbar breites Bett. Was denkst du?«

»Aye, Kapitän. Bring mich in unsere Kajüte.«

Und wieder trug sie die Strömung dahin, der fächelnde Wind kräuselte das Wasser, brachte frischere Lüfte … Einmal legte die Claire die Hand auf den Bootsrand: diese ein wenig knochige und männliche Hand, auf deren Rücken blaßblaue Adern sich strafften; sah man aber die holzgeschnitzten, langen Finger, so ahnte man, es war eine erfahrene Hand. Diese Fingerspitzen wussten um die Wirkung ihrer Zärtlichkeiten, kräftig und sicher spielten die Gelenke … Die Hand hing im Wasser und zog einen quirlenden Streif. Dunkelgrün und klar lagen die Ufer weit zurück.

Das Hotel war erreicht. Heute geht es nur kurz ins Bad und noch schneller ins Bett, hin zueinander.

»Ich friere immer noch«, sagt Linn.

»Ich wärme dich«, sagt Gilbert.

Vor dem Fenster entlädt sich ein Gewitter mit heftigen Blitzen und grollendem Donner.

Wie in Zeitlupe sinken sie zusammen auf das Bett. Als wäre es für sie das erste Mal, benehmen sie sich wie Teenager, die ihre Ungeschicklichkeit bei der Berührung des anderen kichernd und flüsternd kommentieren. Was später geschieht, geht über die Spiele von unerfahrenen Teenagern weit hinaus. Mit ihren Berührungen verscheuchen sie die Trägheit der Nacht. Denn Schlafes Bruder ist der Trieb. Und der ist kein zahmes Tier.

Als sie endlich eingeschlafen sind, haben sich die Wolken endlich verzogen, und die aufgehende Sonne hat den Frühhimmel schon in ein sanftes Blau gehüllt.

Tag 4, Montag

ABREISE UND AUSSICHTEN

Montag. Geschäftiges Leben im Städtchen, Lastwagen mit Lebensmitteln, Autos mit Kennzeichen aus aller Welt, Kutschen mit Koffern, Taschen und Rucksäcken von Touristen. Ihr Ziel: der Bahnhof. Vor den Bäckereien Frauen, die ihr Wochenende wortreich analysieren; Kleinstadtklatsch, gewürzt mit intimen Details. Vor dem Schlosspark Taxis, aus denen Herrschaften steigen und sogleich den Obelisken bewundern. Vom nahen See das Gellen johlender Kinder, mahnender Erwachsener und das Tröten ablegender Dampfer. Vor dem Eingang zur Kirche St. Laurentius eine Frau mit einem Reisigbesen: Das Gewitter des Vortags hat Äste entblättert.

Gilbert und Linn, eben von *Haus Rheinsberg* gekommen, sehen etwas unschlüssig auf die Szenerie.

»Gehen wir nach rechts oder nach links?«, fragt sie Gilbert.

»Nach rechts geht es zum Wasser, nach links in den Wald und an die Felder, da ist das Gras hoch und weich …«, antwortet eine Stimme, die sie kennt. Es ist die des alten Mannes.

Linn dreht ihren Kopf in die Richtung, aus der sie die Worte vernommen haben will. Doch sie sieht nur Kinder, die einem Ball hinterherjagen.

»Hast du das auch gehört?«, fragt sie Gilbert.

»Nein, was meinst du? Komm, wir gehen nach links.«

»Nein, lieber nach rechts.« Sie fragt sich, warum sie der Stimme folgt. Doch sie hat keine Antwort.

Er hält sie fest, wie angeklebt. Ihre Hände schenken ihm eine warme, leichte Feuchte, ihre Haut duftet nach den Begegnungen der letzten Nacht. Er zieht sie mit sich.

»Ich wasche mich heute nicht«, hatte sie ihm nach dem Aufstehen fröhlich zugerufen.

»Möchtest du, dass ich …?«

»Nein, nein!«, trällerte sie ihm zu, »heb' es für heute Abend auf …«

Und so hatten sie den Geruch ihrer Liebe mit in ihre Kleider genommen, wie es ihn nur zwischen ihnen beiden geben konnte. Einmalig wie ein Genstrang, exklusiv wie ein millionenteures Gemälde, umwerfend wie ein seltenes Parfum, unverwechselbar wie eine Kurzgeschichte von Hemingway.

Sie folgt ihm auf den Weg, nach links. In ihren Augen steht eine leise Verwirrung.

Am Morgen gingen sie in die Felder. Das Gewitter von gestern hatte abgekühlt, die ersten herbstlichen Tage kamen. Der Wind wehte stark. Als sie gegen ihn angingen, sang er wie klagend … An den Wegen schäumten die Laubmassen, milchigweißes Licht beglänzte gleichmäßig die Felder. Die Sonne steckte hinter den stürmenden Wolken; manchmal kam sie hervor, dann war sie rot und fror in der rauen, kräftigen Herbstluft. Ein leerer Pfad lag vor ihnen, reingefegt vom Wind – und es war Seligkeit, darüber hinwegzuschreiten; junge Linden reihten sich endlos, und es war Glück, immer wieder den ächzenden Stamm zur Seite zu haben. Tief ging der Atem, und die Schultern hoben sich. Sie gingen im Gleichschritt.

Gilbert ringt mit sich und einem Thema. Sie hat denn Zettel noch, das weiß er. Sie erreichen den Wald. Die Straße führt schnurgerade auf eine Schranke zu. Was dahinter kommt, das sieht man nicht. Sie biegen auf einen Waldweg ein.

»Linn?«

»Gilbert?«

»Wie fühlst du dich heute?«

Sand knirscht unter ihren Schuhen. Es riecht nach Kiefernharz und frischen Nadeln, nach warmem Moos und dunkler Erde.

»Mir geht es gut«, sagt sie. »Ich fühle mich viel freier als noch an den Tagen und Wochen zuvor. Beinahe ohne Lasten …«

»Beinahe?«, fragt er.

»Es ist wie nach einem Marathonlauf«, sagt sie. »Ich habe das Ziel erreicht, bin aber noch ein wenig außer Atem.«

»Wir schaffen das«, sagt er. »Wir haben einen schönen Plan. Ein gemeinsames Kind, vielleicht noch in diesem Jahr.«

Sie drückt sich an ihn, er hält sie an den Hüften. Eine Lichtung ist in Sicht. Sie spazieren darauf zu.

»Ich habe auch eine Last«, sagt er. »Willst du wissen …?«

»Ja«, sagt sie noch in seinen Satz hinein. »Erzähl mir davon.«

Er schweigt einen kurzen Moment, sammelt sich.

»Der Kellner. Du hast seinen Zettel immer noch?«

Er blickt aus den Augenwinkeln zu ihr hinüber. Ihr steht eine leichte Röte im Gesicht.

»Er ist jung …«, sagt er, setzt aber den Satz nicht fort.

Sie stoppt. Die Sonne bricht durch die Lichtung, sucht Strähnen ihres Haares. Sie schimmern golden im Licht.

»Was heißt das schon?«, fragt sie und blickt ihm in die Augen. »Er hat sich im Grunde gerade erst vom Kindsein verabschiedet und steuert schon auf den ersten Ehebruch zu. Er will von einer genommen werden, wie er ist, will sie aber ablegen, wenn er es für richtig hält. Mag sein, dass er ein goldiges Kerlchen ist. Aber wen die Götter lieben, den lassen sie sowieso ewig jung sein. So wie dich, Gilbert.«

Ihn durchfährt ein wohliger Schauer.

»Das waren gute Worte«, sagt er. »Habe ich dich also falsch verstanden, als du auch ihm schöne Augen gemacht hast?«

»Ich wollte dich provozieren und herausfinden, wie sehr du mich wirklich willst. Dieser Zettel bedeutet mir nichts, wie auch dieser Junge mir nichts bedeutet. Er hat mit mir geflirtet, und ich habe es zugelassen. Wir haben ein kleines Feuer gelegt, es aber im selben Moment auch wieder gelöscht.«

Er zieht sie an sich, drückt sie fest und streichelt ihr über den Hinterkopf. Sie klammert sich an ihn, wie ein Kind, das versucht, wieder in den Bauch seiner Mutter zurückzukommen.

»Warum wolltest du mich provozieren? Wie kommst du darauf, dass ich dich nicht will? Bist du dir selbst unsicher?«

»Nein! Wenn es eine Sicherheit in meinem Leben gibt, dann die, dass ich dich liebe wie sonst nichts ... Aber ...« Linn macht eine Pause. Ringt anscheinend um die richtigen Worte.

»Aber? Sprich mit mir«, sagt Gilbert mit ruhiger Stimme

»Ich ... Ich habe unser Kind verloren. Ich konnte nicht mehr klar denken. Es war in meinem Körper, ich hatte die Verantwortung, ich musste es beschützen ... hätte es beschützen müssen. Ich wusste nicht, wie du darauf reagierst ... Vielleicht wollte es sogar bleiben, aber ich war ihm zu alt ... Was, wenn ich die Schuld ...«

Gilbert unterbricht sie mit aufgeregter Stimme:

»Linn! Hör auf, sag so was doch nicht ...« Er weiß nicht recht, was er weiter sagen soll. Greift fest nach ihrer Hand, sieht hoch in die Baumkronen. Gilbert spürt, dass der Knoten durchschlagen ist.

»Linn ... du hast keine Schuld, niemand hat bei so etwas Schuld ... Das hat nichts mit dir zu tun. Und ich liebe dich, wie kommst du darauf, du seist mir zu alt? Ich begehre dich wie am ersten Tag. Und bis zum letzten Tag. Du hast mir für ein paar Momente ein Kind geschenkt. Das war unsere Probe. Jetzt merken wir beide, dass es schön wäre, dass wir es wollen. Und deshalb werden wir uns gemeinsam eins schenken. Die Zeit hat bloß noch nicht gepasst, nicht du ...«

Sie erreichen die Lichtung. Weit zieht sich das Feld vor ihren Augen dahin; brauner, trockener Lehm, rissig und trocken. Eine unwirtliche Ebene ohne Früchte. An seinem Rand lange Reihen von schlanken Pappeln, sich in einem warmen Wind wiegend, wie Tänzerinnen auf einem arabischen Fest.

»Und was ist nun mit dem Zettel?«, beharrt er, schurrt dabei unruhig mit den Schuhen auf dem ausgedörrten Erdboden. »Was steht auf ihm?«

»Hast du ein Feuerzeug?«, fragt sie.

»Halt …«

Doch da brennt er schon, und nur Momente später wirbeln die winzigen Aschereste des kleinen Papiers durch die windzerzauste Luft, verfangen sich im nahen Gesträuch und pudern die Blätter.

»Wir werden nun nie erfahren, was auf ihm stand«, sagt sie.

»Ist das gut?«, fragt er.

Sie antwortet nicht.

»Lass uns in das Feld gehen«, sagt sie.

Und es verlangt Gilbert und Linn nach dem Geruch der Erde, der Bäume, des Feldrains und der Wiesen. Da für sie kein Fahrplan gilt, niemand des Abends in Berlin auf sie wartet und es deshalb gar nicht nötig ist zu hetzen, bauen sie sich ein Nest im hohen Gras. Sie drängen sich aneinander wie Kinder in einer abenteuerlichen Höhle. Beseelt von ihrem Frieden, den sie miteinander am Tag zuvor fanden, und ihren Träumen, ein Leben zu dritt zu führen, kommen sie sich nahe, bis sie miteinander verschmelzen.

Nur die Sonne, krakeelende Krähen und zwei erregte Amseln, die aus den Büschen kakophonisch zetern wie Trunkenbolde ohne Notenzwang, werden Zeugen ihres Tuns.

Etwas staubig an Schuhen und Kleidung machen sie sich bald danach auf den Weg zurück in die große Stadt. Ihr Auto trägt sie durch Menz und Gransee, Löwenberg und Oranienburg zurück nach Berlin. Und, als ob sie nicht schon genug in Rheinsberg gesehen hätten, die Natur ringsum, das Schloss, den See, die Felder, klebt Linns Nase an der Autoscheibe, kommentiert sie die komplette Fahrt über, was man in Berlin so sehr vermisse ... Das Grüne, die Stille, die Melodien der Vögel.

Es mache sie froh, hier gewesen zu sein, sagt sie. Hier seien jene Tage vergangen, an denen sie und Gilbert wieder zueinanderfanden, Pläne schmiedeten, Schmerzvolles hinter sich ließen und wieder auf die Zukunft hofften.

»Jetzt kommt es auf uns an«, sagt sie zu Gilbert, als sie auf den Alexanderplatz einbiegen.

»Ich liebe dich«, antwortet er.

»Ich liebe dich«, antwortet auch sie.

Die Tür des Fahrstuhls hinunter zur Tiefgarage öffnet sich und verschluckt nur wenige Sekunden später ihr Cabriolet. Die Tür schließt sich.

Sie fahren in die Tiefe, aus der sie drei Tage zuvor gekommen sind.

Viele Jahre später

Es ist ein heller Tag im Monat April, als eine neugierige junge Frau den Bücherschrank ihrer schon etwas betagten Mama durchstöbern und ganz hinten auf einen »auf Bütten abgezogenen und in rotes Bockleder gebundenen« Band des Büchleins *Rheinsberg* von Kurt Tucholsky stoßen wird. Ein Exemplar der Jubiläumsausgabe, vom Verfasser signiert.

»Mama, Papa? Was ist denn das?«, wird sie ihre Eltern fragen.

Die beiden werden, nicht mehr ganz jung, vielleicht am Tisch sitzen und Karten spielen. Nebenher werden sie kurz aufblicken. Dann werden ihrer beider Augen zu funkeln beginnen.

»Das habe ich ja ewig nicht mehr angesehen«, wird die Frau sagen. »Oder, Gilbert?«

»Ja … Ist das wirklich *Rheinsberg*? Ich dachte, wir hätten es schon verloren … Gib es mir mal herüber, Claire.«

Und Claire wird ihrem Vater das Buch geben. Gilbert wird, während er mit der Linken nach dem roten

Büchlein greift, mit der Rechten in einem Anflug von lebendigen Erinnerungen und Gefühlen Linns ausgestreckte Hand fast zerdrücken.

»Das Buch ist über einhundert Jahre alt«, wird er zu seiner Tochter sagen. »Deine Großmutter hat es von meinem Vater bekommen, als sie noch jung waren. Der hat es selbst von seinem Vater übereignet bekommen. Und als ich deine Mutter bereits zehn Jahre kannte, hat Oma es uns gegeben, damit wir eine Reise nach Rheinsberg machen.«

»Was waren wir jung damals ... erinnerst du dich an unser Nest im Gras?«, wird Linn sagen, mit Sehnsucht in ihrer Stimme.

»Ja, an unserem letzten Tag ...«

Gilbert wird sich an seine Tochter wenden und sagen: »Dies, mein Kind, ist der Ursprung deines Lebens. Der Auslöser des Urknalls, der uns dich geschenkt hat.«

Gilbert und Linn werden sich ansehen, in ihrem Blick Myriaden an Gefühlen und Ausdrücken.

»Ihr meint, ihr habt wegen dieses Buches ...?«, wird Claire ungläubig fragen.

Ihre Eltern werden erst sie, dann sich mit vielsagendem Blick angrinsen.

»Huh, so genau wollte ich es nicht wissen«, wird ihre Tochter sagen und das Gesicht verziehen, wie man sein Gesicht nur verziehen kann, wenn man an die intimen Dinge seiner eigenen Eltern denkt.

»Du bist ein Produkt unserer Liebe«, wird Claires Mutter warm antworten. »Komm, nimm es dir mit. Für dich und deinen Freund …«

Claire wird augenblicklich bleich, und einen Moment später so rot wie der Einband des Buches in ihrer Hand werden; sie hatte geglaubt, ihre Eltern hätten es nicht bemerkt, dass sie verliebt war.

Gilbert wird leicht auflachen und sagen:

»Liebe und Gefühle und Glück sind Dinge, die man nicht verbergen kann, mein Kind. Schon gar nicht vor Menschen, die genauso fühlen … Nimm *Rheinsberg* und hab Spaß und Liebe … aber beschütze das Buch! Für unsere Enkel …«

Round and round and round it goes. And where it stops, nobody knows.

Epilog

Viele Tausend Menschen haben ihr persönliches Bilderbuch *Rheinsberg* erlebt. Sie entdeckten Neues und Vergangenes, und vor allem sich selbst auf eine überraschende Weise. Sie erspürten die Welt Kurt Tucholskys und des jungen Friedrichs, und machten ihre eigene Version daraus. Wie viele sich fragten, was wohl aus Wolfgang und Claire geworden war, kann niemand sagen. Blieb sie immer das Kind, das sie war? Schaffte sie ihr Medizinstudium? Und er, Wolfgang, hat er irgendwann mal mit Claire über seine tiefen Gedankengänge geredet? Und was wurde aus Lissy Aachner? Blieb sie immer so hochnäsig und unnahbar, oder fand sie irgendwann den Menschen, der aus der Kratzbürste eine weiche Fusselrolle zu machen verstand?

All das wissen sowohl wir, als auch Gilbert und Linn nicht, und werden es wohl auch nie erfahren.

Das Paar von einst wird, so wie in Gilbert und Linn, in tausend anderen Paaren auch morgen noch leben und erlebt werden. Und vielleicht wird es ja immer diesen alten Herrn geben, der mit Stock und einer Zeitung durch Rheinsberg wandert und jedem, der ihn fragt, sagen: »Entspanne dich. Lass das Steuer los. Trudele durch die Welt. Sie ist so schön: Gib dich ihr hin, und sie wird sich dir hingeben.«

Zu guter Letzt

Am 25. Dezember 1920 veröffentlichte Kurt Tucholsky aus Anlass des Erscheinens des »fünfzigsten Tausend« eine Vorrede zu *Rheinsberg – ein Bilderbuch für Verliebte,* in der er kurz beschrieb, wie es ihm beim Aufschreiben der Abenteuer von Claire und Wolfgang ergangen war:

Erlebnis und Schreiben waren ja – wie immer – zweierlei, und was in den drei Tagen leicht und grün vorübergeglitten war, wurde an der See in ebensoviel Wochen würgend langsam in kleine Notizbücher geschrieben. Es wollte gar nicht vom Fleck – es wäre viel lustiger gewesen, zur Claire ins Nebenzimmer zu gehen, ihr ein paar alte Socken um den Hals zu binden und ein bißchen »Arzt und krankes Kind« zu spielen, anstatt an dem Salat da herumzuschreiben … Aber es wurde doch durchgebissen, und in einem September kam ich mit dem Bücherchen müde zu Hause an.

… Die Privatsprache, die da in dem Buch geredet wird, hat sich allerdings längst gewandelt.

Aber was in dem Buch da ist: das weiß ich schon.
Eine bessere Zeit, und meine ganze Jugend.

Nun, die Kernfragen rund um die Liebe sind heute nicht neumodischer, als sie es schon 1911 waren, als Tucholsky die beiden in Rheinsberg beobachtete. Möglicherweise ist unsere heutige Zeit eine bessere als jene damals. Doch wer weiß das schon und vor allem: Wer will das behaupten?